梁实秋 著

人生不过如此而已

北京时代华文书局

图书在版编目（CIP）数据

人生不过如此而已 / 梁实秋著. -- 北京：北京时代华文书局，2018.12
（2022.4重印）

ISBN 978-7-5699-2663-7

Ⅰ．①人… Ⅱ．①梁… Ⅲ．①散文集－中国－现代 Ⅳ．① I266

中国版本图书馆 CIP 数据核字（2018）第 233106 号

人生不过如此而已
RENSHENG BUGUO RUCI ERYI

著　　者	梁实秋
出 版 人	陈　涛
图书监制	陈丽杰工作室
选题策划	陈丽杰
责任编辑	陈丽杰
封面设计	尚燕平
版式设计	程　慧　段文辉
责任印制	訾　敬

出版发行	北京时代华文书局 http://www.BJSDSJ.com.cn
	北京市东城区安定门外大街138号皇城国际大厦A座8楼
	邮编：100011　电话：010-64267955　64267677
印　　刷	河北京平诚乾印刷有限公司　电话：010-60247905
	（如发现印装质量问题，请与印刷厂联系调换）
开　　本	880mm×1230mm　1/32　印张 ｜ 8.5　字数 ｜ 175千字
版　　次	2019年4月第1版　印次 ｜ 2022年4月第2次印刷
书　　号	ISBN 978-7-5699-2663-7
定　　价	56.00元

版权所有，侵权必究

—— 代序 ——
内心湛然，则无往而不乐

天下最快乐的事大概莫过于做皇帝。"首出庶物，万国咸宁。"至不济可以生杀予夺，为所欲为。至于后宫粉黛三千，御膳八珍罗列，更是不在话下。清乾隆皇帝，"称八旬之觞，镌十全之宝"，三下江南，附庸风雅。那副志得意满的神情，真是不能不令人兴起"大丈夫当如是也"的感喟。

在穷措大眼里，九五之尊，乐不可支。但是试问古今中外的皇帝于地下，问他们一生中是否全是快乐，答案恐怕相当复杂。西班牙国王拉曼三世（Abder Rahman Ⅲ, 960）说过这么一段话：

我于胜利与和平之中统治全国约五十年，为臣民所爱戴，为敌人所畏惧，为盟友所尊敬。财富与荣誉，权力与享受，呼之即来，人世间的福祉，从不缺乏。在这情形之中，我曾勤加计算，我一生中纯粹的真正幸福日子，总共仅有十四天。

御宇五十年，仅得十四天真正幸福日子。我相信他的话。宸谟睿略，日理万机，很可能不如闲云野鹤之怡然自得。于此我又想起从一本英语教科书上读到的一篇寓言。题目是《一个快乐人的衬衫》。某国王，端居大内，郁郁寡欢，虽极耳目声色之娱，而王终不乐。左右纷纷献计，有一位大臣言道：如果在国内找到一位快乐的人，把他的衬衫脱下来，给国王穿上，国王就会快乐。王韪其言，于是使者四处寻找快乐的人。访遍了朝廷显要，朱门豪家，人人都有心事，家家都有一本难念的经，都不快乐。最后找到一位农夫，他耕罢在树下乘凉，裸着上身，大汗淋漓。使者问他："你快乐么？"农夫说："我自食其力，无忧无虑！快乐极了！"使者大喜，便索取他的衬衣。农夫说："哎呀！我没有衬衣。"这位农夫颇似我们禅门之"一丝不挂"。

常言道，"境由心生"，又说"心本无生因境有"。总之，快乐是一种心理状态。内心湛然，则无往而不乐。吃饭睡觉，稀松平常之事，但是其中大有道理。大珠《顿悟入道要门论》："有源律师来问：'和尚修道，还用功否？'师曰：'用功。'曰：'如何用功？'师曰：'饥来吃饭，困来即眠。'曰：'一切人总如是，同师用功否？'师曰：'不同。'曰：'何故不同？'师曰：'他吃饭时不肯吃饭，百种须索，睡时不肯睡，千般计较。所以不同也。'律师杜口。"可是修行到心无挂碍，却不是容易事。我认识一位唯心论的学者，平素昌言意志自由，忽然被人绑架，系于暗室十有余日，备受凌辱，释出后他对我说："意志自由固然不诬，但是如今我才知道身体自由更为重要。"常听人说烦恼即菩提，我们凡人遇到烦恼只是深感烦恼，不见菩提。

快乐是在心里，不假外求，求即往往不得，转为烦恼。叔本华的哲学是：苦痛乃积极的实在的东西，幸福快乐乃消极的根本不存在的东西。所谓快乐幸福乃是解除苦痛之谓。没有苦痛便是幸福。再进一步看，没有苦痛在先，便没有幸福在后。梁任公先生曾说："人生最快乐的事，莫过于看着一件工作的完成。"在工作过程之中，有苦恼也有快乐，等到大功告成，那一份"如愿以偿"的快乐便是至高无上的幸福了。

有时候，只要把心胸敞开，快乐也会逼人而来。这个世界，这个人生，有其丑恶的一面，也有其光明的一面。良辰美景，赏心乐事，随处皆是。智者乐水，仁者乐山。雨有雨的趣，晴有晴的妙，小鸟跳跃啄食，猫狗饱食酣睡，哪一样不令人看了觉得快乐？就是在路上，在商店里，在机关里，偶尔遇到一张笑容可掬的脸，能不令人快乐半天？有一回我住进医院里，僵卧了十几天，病愈出院，刚迈出大门，陡见日丽中天，阳光普照，照得我睁不开眼，又见市廛熙攘，光怪陆离，我不由得从心里欢叫起来："好一个艳丽盛装的世界！"

"幸遇三杯酒好，况逢一朵花新。"我们应该快乐。

目录

001　　代序　内心湛然，则无往而不乐

第一部分　快乐度日，发现生活的诗意

002　　中年_
　　　　中年妙趣在于相当地认识人生，认识自己

006　　老年_
　　　　别自寻烦恼，别碍人事，别讨人嫌

009　　树_
　　　　树担心的是外在的险厄，人烦虑的是内心的风波

013　　脸谱_
　　　　人心不同，各有其面

017　　厌恶女性者_
　　　　指女人为祸水，作为其口头禅

020　　女人_
　　　　喜欢说谎、善变、善哭、胆小、伶牙俐齿

025　　男人_
　　　　脏、懒、馋、自私，偶尔还很长舌

029　　孩子_
　　　　树大自直，小时恣肆些，大了自然会好

033　　哈佛的嬉皮少年_
　　　　嬉皮有嬉皮的哲学，不是徒有其表

036 同学_
同学少年多不贱，五陵裘马自轻肥

040 大学教授_
教授是一种职业，不必看得过重

042 乞丐_
不到山穷水尽，谁也不愿做这样的自由人

046 诗人_
假如一个诗人住在隔壁

050 医生_
有什么样的病人就有什么样的医生

054 警察_
我们要善待警察，尊敬警察

058 暴发户_
投机冒险，其兴也暴，其亡也速

第二部分　良好习惯，才是合于"自然"的生活

064 谦让_
利之所在，使人忘形，谦让不容易

067 怒_
一个人在发怒的时候，最难看

069 说俭_
俭是美德，生活方式宜力持俭约

072 廉_
穷不苟求、志行高洁的廉士最是难能可贵

075 懒_
一个人忽忽不知，懒而不觉，何异草木

079 勤_
凡是勤奋不怠者必定有所成就

081 谈礼_
礼只是人的行为规范

084 礼貌_
礼貌之为物，随时随地而异

088 让_
小的地方肯让，大的地方才会与人无争

091 太随便了_
天下事有可"随便"者，即有不可"随便"者

093 养成好习惯_
充满良好习惯的生活，才是合于"自然"的生活

第三部分　世相百态，看透人世冷暖酸辛

098 第六伦_
主仆这一伦，比五伦更难敦睦

103 送行_
你走，我不送你；你来，无论风雨，我要去接你

107 "旁若无人"_
还有别人，最好将自己的刺毛收敛一下

111 幸灾乐祸_
不一定是品性缺点，而是人性某方面的通性

115 观光_
江山秀丽是"天开图画"，而文化都是人为的

119 音乐_
"音乐的耳朵"不是人人都有

123 鼾_
鼾声扰人,究竟不是好事

127 聋_
耳聋有不便之处,但也可以对一些问题充耳不闻

131 穷_
穷不是罪过,也不是美德

135 猪_
任何事物不可以貌相

139 狗_
狗与人不同

143 鸟_
我爱鸟,它不回顾,它不悲哀

147 看相_
一个人的尊容,和他一生休戚有密切关系

149 病_
人在大病时,人生观都要改变

153 疟_
病魔缠身,我将做些什么事才能把它忘记呢

156 梦_
大致讲来,好梦难成,而噩梦连连

第四部分　柴米油盐,平淡而不失品味

162 了生死_
所谓生死,不了断亦自了断,无能为力

166 厨房_
绝大多数的女人是被禁锢在厨房里

170	五斗米_	
	不能为五斗米道折腰	
173	钱的教育_	
	钱不但满足物质需要，还要顾及内心的平安	
177	钱_	
	事在人为，钱无雅俗可辨	
181	信用卡_	
	不习惯举债的人，也不愿意使用信用卡	
184	小账_	
	钱就是规矩，有钱人不守规矩	
189	吸烟_	
	喷射毒雾，一副讨人嫌恶的样子	
194	牙签_	
	其状不雅，不可当人公然做之	
197	生病与吃药_	
	病是人人可生，药非人人得吃	
200	花钱与受气_	
	受气不必花钱，花钱则一定要受气	
202	散步_	
	散步在清晨，便是一天中难得的享受	
206	麻将_	
	如同吸食鸦片一样久而上瘾，不易戒掉	
211	万取千焉，千取百焉_	
	头脑未能尽合逻辑而意义含混	
214	生而曰讳_	
	以约定俗成为准则，不必泥于古	
216	忙什么_	
	你只是想送别人的殡	

V

第五部分 人生贵在适意,不如笑看人生

218 饭前祈祷_
惜福,感恩

222 圆桌与筷子_
智慧的结晶,各有各的妙处

226 馋_
着重在食物的质,需要满足的是品味

230 吃相_
人生贵适意,不可太拘泥于礼法

234 请客_
只有一天不得安,不妨偶一为之

238 吃_
吃中有艺术,又有科学;要天才,还要经验

240 苦雨凄风_
浮游在无边的大海里,忍受苦风凄雨

250 退休_
完全摆脱糊口的职务,做自己喜欢的事情

254 文艺与道德_
文艺永远含有道德的意味

258 悲观_
自杀者常是乐观的人,幸福者倒常是悲观的人

260 编后记

第一部分

快乐度日，发现生活的诗意

—— 中年 ——
中年妙趣在于相当地认识人生，认识自己

钟表上的时针是在慢慢地移动着的，移动得如此之慢，使你几乎不感觉到它的移动，人的年纪也是这样的，一年又一年，总有一天会蓦然一惊，已经到了中年，到这时候大概有两件事使你不能不注意。讣闻不断地来，有些性急的朋友已经先走一步，很煞风景，同时又会忽然觉得一大批一大批的青年小伙子在眼前出现，从前也不知是在什么地方藏着的，如今一齐在你眼前摇晃，磕头碰脑的尽是些昂然阔步满面春风的角色，都像是要去吃喜酒的样子。自己的伙伴一个个地都入蛰了，把世界交给了青年人。所谓"耳畔频闻故人死，眼前但见少年多"，正是一般人中年的写照。

从前杂志背面常有"韦廉士红色补丸"的广告，画着一个憔悴的人，弓着身子，手拊着腰上，旁边注着"图中寓意"四字。那寓意对于青年人是相当深奥的。可是这幅图画却常在一般中年人的脑里涌现，虽然他不一定想吃"红色补丸"，那点寓意他是明白的了。一根黄松的柱子，都有弯曲倾斜的时候，何况是二十六块碎骨头拼凑成的一条脊椎？年轻人没有不

好照镜子的,在店铺的大玻璃窗前照一下都是好的,总觉得大致上还有几分姿色。这顾影自怜的习惯逐渐消失,以至于有一天偶然揽镜,突然发现额上刻了横纹,那线条是显明而有力,像是吴道子的"莼菜描",心想那是抬头纹,可是低头也还是那样。再一细看头顶上的头发有搬家到腮旁颔下的趋势,而最令人触目惊心的是,鬓角上发现几根白发,这一惊非同小可,平素一毛不拔的人到这时候也不免要狠心地把它拔去,拔毛连茹,头发根上还许带着一颗鲜亮的肉珠。但是没有用,岁月不饶人!

一般的女人到了中年,更着急。哪个年轻女子不是饱满丰润得像一颗牛奶葡萄,一弹就破的样子?哪个年轻女子不是玲珑娇健得像一只燕子,跳动得那么轻灵?到了中年,全变了。曲线都还存在,但满不是那么回事,该凹入的部分变成了凸出,该凸出的部分变成了凹入,牛奶葡萄要变成金丝蜜枣,燕子要变鹌鹑。最暴露在外面的是一张脸,从"鱼尾"起皱纹撒出一面网,纵横辐转,疏而不漏,把脸逐渐织成一幅铁路线最发达的地图,脸上的皱纹已经不是熨斗所能烫得平的,同时也不知怎么在皱纹之外还常常加上那么多的苍蝇屎。所以脂粉不可少。除非粪土之墙,没有不可圬的道理。在原有的一张脸上再罩上一张脸,本是最简便的事。不过在上妆之前下妆之后,容易令人联想起《聊斋志异》的那一篇《画皮》而已。女人的肉好像最禁不起地心的吸力,一到中年便一齐松懈下来往下堆摊,成堆的肉挂在脸上,挂在腰边,挂在踝际。听说有许多西洋女子用擀面杖似的一根棒子早晚浑身乱搓，希望把浮肿的肉压得结实一点，又有些人干脆忌食脂肪忌食淀粉，扎紧裤带，活生生地把自己"饿"回青春去。有多少效果，我不知道。

别以为人到中年，就算完事。不，譬如登临，人到中年像是攀跻到了最高峰。回头看看，一串串的小伙子正在"头也不回呀汗也不揩"地往上爬。再仔细看看，路上有好多块绊脚石，曾把自己磕碰得鼻青脸肿，有好多处陷阱，使自己做了若干年的井底蛙。回想从前，自己做过扑灯蛾，惹火焚身，自己做过撞窗户纸的苍蝇，一心想奔光明，结果落在粘苍蝇的胶纸上！这种种景象的观察，只有站在最高峰上才有可能。向前看，前面是下坡路，好走得多。

施耐庵《水浒传》序云："人生三十未娶，不应再娶；四十未仕，不应再仕。"其实"娶""仕"都是小事，不娶不仕也罢，只是这种说法有点中途弃权的意味，西谚云："人的生活在四十才开始。"好像四十以前，不过是几出配戏，好戏都在后面。我想这与健康有关。吃窝头米糕长大的人，拖到中年就算不易，生命力已经蒸发殆尽，这样的人焉能再娶？何必再仕？服"维他赐保命"都嫌来不及了。我看见过一些得天独厚的男男女女，年轻的时候愣头愣脑的，浓眉大眼，生僵挺硬，像是一些又青又涩的毛桃子，上面还带着挺长的一层毛，他们是未经琢磨过的璞石。可是到了中年,他们变得润泽了,容光焕发,脚底下像是有了弹簧,一看就知道是内容充实的。他们的生活像是在饮窖藏多年的陈酿,浓而芳冽!对于他们,中年没有悲哀。

四十开始生活,不算晚,问题在"生活"二字如何诠释。如果年届不惑,再学习溜冰踢毽子放风筝,"偷闲学少年",那自然有如秋行春令,有点勉强。半老徐娘,留着"刘海",躲在茅房里穿高跟鞋当作踩高跷般地练习走路,那也是惨事。中年的妙趣,在于相当地认识人生,认识自己,从而做自己所能做的事,享受自己所能享受的生活。科班的童伶宜于唱全本的大武戏,中年的演员才能担得起大出的轴子戏,只因他到中年才能真懂得戏的内容。

—— 老年 ——
别自寻烦恼，别碍人事，别讨人嫌

时间走得很均匀，说快不快，说慢不慢。不知从什么时候起在宴会中总是有人簇拥着你登上座，你自然明白这是离入祠堂之日已不太远。上下台阶的时候常有人在你肘腋处狠狠地搀扶一把，这是提醒你，你已到达了杖乡杖国的高龄，怕你一跤跌下去，摔成好几截。黄口小儿一晃的工夫就蹿高好多，在你眼前跌跌撞撞地跑来跑去，喊着阿公阿婆，这显然是在催你老。

其实人之老也，不需人家提示。自己照照镜子，也就应该心里有数。乌溜溜毛氄氄的头发哪里去了？由黑而黄，而灰，而斑，而耄耄然，而稀稀落落，而牛山濯濯，活像一只秃鹫。瓠犀一般的牙齿哪里去了？不是熏得焦黄，就是咧着罅隙，再不就是露出七零八落的豁口。脸上的肉七棱八瓣，而且平添无数雀斑，有时排列有序如星座，这个像大熊，那个像天蝎。下巴颏儿底下的垂肉变成了空口袋，捏着一揪，两层松皮久久不能恢复原状。两道浓眉之间有毫毛秀出，像是麦芒，又像是兔须。眼睛无端淌泪，有时眼角上还会分泌出一堆堆的桃胶凝聚在那里。总之，老与丑是不可分的。《尔雅》："黄发、齯齿、鲐背、耇老、寿也。"寿自管寿，丑还是丑。

老的征象还多得是。还没有喝忘川水，就先善忘。文字过目不旋踵就飞到九霄云外，再翻寻有如海底捞针。老友几年不见，觌面说不出他的姓名，只觉得他好生面善。要办事超过三件，需要结绳，又怕忘了哪一个结代表哪一桩事，如果笔之于书，又可能忘记备忘录放在何处。大概是脑髓用得太久，难免漫漶，印象当然模糊。目视茫茫，眼镜整天价戴上又摘下，摘下又戴上。两耳聋聩，无以与乎钟鼓之声，倒也罢了，最难堪是人家说东你说西。牙动摇，咀嚼的时候像反刍，而且有时候还需要戴围嘴。至于登高腿软，久坐腰酸，睡一夜浑身关节滞涩，而且睁着大眼睛等天亮，种种现象不一而足。

老不必叹，更不必讳。花有开有谢，树有荣有枯。桓温看到他"种柳皆已十围，慨然曰：'木犹如此，人何以堪！'攀枝执条，泫然流泪"。桓公是一个豪迈的人，似乎不该如此。人吃到老，活到老，经过多少狂风暴雨惊涛骇浪，还能双肩承一喙，俯仰天地间，应该算是幸事。荣启期说："人生有不见日月不免襁褓者。"所以他行年九十，认为是人生一乐。叹也无用，乐也无妨，生、老、病、死，原是一回事。有人讳言老，算起岁数来斤斤计较按外国算法还是按中国算法，好像从中可以讨到一年便宜。更有人老不歇心，怕以皤皤华首见人，偏要染成黑头。半老徐娘，驻颜无术，乃乞灵于整容郎中化妆师，隆鼻隼，抽脂肪，扫青黛眉，眼眶涂成两个黑窟窿。"物老为妖，人老成精"。人老也就罢了，何苦成精？

老年人该做老年事，冬行春令实是不祥。西塞罗说："人无论怎样老，总是以为自己还可以再活一年。"是的，这愿望不算太奢。种种方面的人欠欠人，正好及时做个了结。贤者识其大，不贤者识其小，各有各的算盘，大主意自己拿。最低限度，别自寻烦恼，别碍人事，别讨人嫌。"有人问莎孚克利斯，年老之后还有没有恋爱的事，他回答得好，'上天不准！我好容易逃开了那种事，如逃开凶恶的主人一般。'"这是说，老年人不再追求那花前月下的旖旎风光，并不是说老年人就一定如槁木死灰一般的枯寂。人生如游山。年轻的男男女女携着手儿陟彼高冈，沿途有无限的赏心乐事，兴会淋漓，也可能遇到一些挫沮，歧路彷徨，不过等到日云暮矣，互相扶持着走下山冈，却正别有一番情趣。白居易《睡觉》诗："老眼早觉常残夜，病力先衰不待年。五欲已销诸念息，世间无境可勾牵。"话是很洒脱，未免凄凉一些。五欲指财、色、名、饮食、睡眠。五欲全销，并非易事，人生总还有可留恋的在。江州司马泪湿青衫之后，不是也还未能忘情于诗酒么？

―― 树 ――

树担心的是外在的险厄，人烦虑的是内心的风波

　　北平的人家，差不多家家都有几棵相当大的树。前院一棵大槐树是很平常的。槐荫满庭，槐影临窗，到了六七月间槐黄满树使得家像一个家，虽然树上不时地由一根细丝吊下一条绿颜色的肉虫子，不当心就要粘得满头满脸。槐树寿命很长，有人说唐槐到现在还有生存在世上的，这种树的树干就有一种纠绕蟠屈的姿态，自有一股老丑而并不自嫌的神气，有这样一棵矗立在前庭，至少可以把"树小墙新画不古"的讥诮免除三分之一。后院照例应该有一棵榆树，榆与余同音，示有余之意，否则榆树没有什么特别值得令人喜爱的地方，成年地往下洒落五颜六色的毛毛虫，榆钱做糕也并不好吃。至于边旁跨院里，则只有枣树的份，"叶小如鼠耳"，到处生些怪模怪样的能刺伤人的小毛虫。枣实只合做枣泥馅子，生吃在肚里就要拉枣酱，所以左邻右舍的孩子老妪任意扑打也就算了。院子中央的四盆石榴树，那是给天棚鱼缸做陪衬的。

　　我家里还有些别的树。东院里有一棵柿子树，每年结一二百个高庄柿

子，还有一棵黑枣。垂花门前有四棵西府海棠，艳丽到极点。西院有四棵紫丁香，占了半个院子。后院有一棵香椿和一棵胡椒，椿芽、椒芽成了烧黄鱼和拌豆腐的最好的作料。榆树底下有一个葡萄架，年年在树根左近要埋一只死猫（如果有死猫可得）。在从前的一处家园里，还有更多的树，桃、李、胡桃、杏、梨、藤萝、松、柳，无不具备。因此，我从小就对树存有偏爱。我尝面对着树生出许多非非之想，觉得树虽不能言，不解语，可是它也有生老病死，它也有荣枯，它也晓得传宗接代，它也应该算是"有情"。

树的姿态各个不同。亭亭玉立者有之；矮墩墩的有之；有张牙舞爪者；有佝偻其背者；有戟剑森森者；有摇曳生姿者……各极其致。我想树沐浴在熏风之中，抽芽放蕊，它必有一番愉快的心情。等到花簇簇，锦簇簇，满枝头红红绿绿的时候，招蜂引蝶，自又有一番得意。落英缤纷的时候可能有一点伤感，结实累累的时候又会有一点迟暮之思。我又揣想，蚂蚁在树干上爬，可能会觉得痒痒出溜的；蝉在枝叶间高歌，也可能会觉得聒噪不堪。总之，树是活的，只是不会走路，根扎在那里便住在那里，永远没有颠沛流离之苦。

小时候听"名人演讲"，有一次是一位什么"都督"之类的角色讲演"人生哲学"，我只记得其中一点点，他说："植物的根是向下伸，兽畜的头是和身躯平的，人是立起来的，他的头是在最上端。"我当时觉得这是一大发现，也许是生物进化论的又一崭新的说法。怪不得人为万物之灵，原来他和树比较起来是本末倒置的。人的头高高在上，所以"清气上升，浊气下降"。有道行的人，有坐禅，有立禅，不肯倒头大睡，最后还要讲究坐化。

可是历来有不少诗人并不这样想，他们一点也不鄙视树。美国的佛洛斯特有一首诗，名《我的窗前树》，他说他看出树与人早晚是同一命运的，都要倒下去，只有一点不同，树担心的是外在的险厄，人烦虑的是内心的风波。又有一位诗人名Kilmer，他有一首著名的小诗——《树》，有人批评说那首诗是"坏诗"，我倒不觉得怎样坏，相反地，"诗是像我这样的傻瓜做的，只有上帝才能造出一棵树"，这两行诗颇有一点意思。人没有什么了不起，侈言创造，你能造出一棵树来么？树和人，都是上帝的创造。最近我到阿里山去游玩，路边见到那株"神木"，据说有三千年了，比起庄子所说的"以八千岁为春，以八千岁为秋"的上古大椿还差一大截子，总算有一把年纪，可是看那一副形容枯槁的样子，只是一具枯骸，何神之有！我不相信"枯树生华"那一套，我只能生出"树犹如此，人何以堪"的感想。

我看见阿里山上的原始森林，一片片，黑压压，全是参天大树，郁郁葱葱，但与我从前在别处所见的树木气象不同。北平公园大庙里的柏，以及梓橦道上的所谓张飞柏，号称"翠云廊"，都没有这里的树那么直那么高。像黄山的迎客松，屈铁交柯，就更不用提，那简直是放大了的盆景。这里的树大部分是桧木，全是笔直的，上好的电线杆子材料。姿态是谈不到，可是自有一种榛莽未除入眼荒寒的原始山林的意境。局促在城市里的人走到原始森林里来，可以嗅到"高贵的野蛮人"的味道，令人精神上得到解放。

—— 脸谱 ——
人心不同，各有其面

我要说的脸谱不是旧剧里的所谓"整脸""碎脸""三块瓦"之类，也不是麻衣相法里所谓观人八法"威、厚、清、古、孤、薄、恶、俗"之类。我要谈的脸谱乃是每天都要映入我们眼帘的形形色色的活人的脸。旧戏脸谱和麻衣相法的脸谱，那乃是一些聪明人从无数活人脸中归纳出来的几个类型公式，都是第二手的资料，可以不管。

古人云"人心不同，各如其面"，那意思承认人面不同是不成问题的。我们不能不叹服人类创造者的技巧的神奇，差不多的五官七窍，但是部位配合，变化无穷，比七巧板复杂多了。对于什么事都讲究"统一""标准化"的人，看见人的脸如此复杂离奇，恐怕也无法训练改造，只好由它自然发展罢。假使每一个人的脸都像是从一个模子里翻出来的，一律的浓眉大眼，一律的虎额龙隼，在排起队来检阅的时候固然甚为壮观整齐，但不便之处必定太多，那是不可想象的。人的脸究竟是同中有异，异中有同，否则也就无所谓谱。就粗浅的经验说，人的脸大别为二种，一种是令人愉快的，一种是令人不愉快的。凡是常态的，健康的，活泼的脸，都是令人愉快的，这样的脸并不多见。令人不愉快的脸，心里有一点或很多不痛快的事，很自然地把脸拉长一尺，或是罩上一层阴霾，但是这张脸立刻形成人与人之间的隔阂，立刻把这周围的气氛变得阴沉。假如，在可能范围之内，努力把脸上的筋肉松弛一下，嘴角上挂出一个微笑，自己费力不多，而给予人的快感甚大，可以使得这人生更值得留恋一些。我永不能忘记那永长不大的孩子彼得·潘，他嘴角上永远挂着一颗微笑，那是永恒的象征。一个成年人若是完全保持一张孩子脸，那也并不是理想的事，除了给"婴儿自己药片"做商标之外，也不见得有什么用处。不过赤子之天真，如在脸上还保留一点痕迹，这张脸对于人类的幸福是有贡献的。令人愉快的脸，其本身是愉快的，这与老幼妍媸无关。丑一点，黑一点，下巴长一点，鼻梁塌一点，都没有关系，只要上面漾着充沛的活力，便能辐射出神奇的光彩，不但有光，还有热，这样的脸能使满室生春，带给人们兴奋、光明、调谐、希望、欢欣。一张眉清目秀的脸，如果恹恹无生气，我们也只好当作石膏像来看待了。

我觉得那是一个很好的游戏：早起出门，留心观察眼前活动的脸，看看其中有多少类型，有几张使你看了一眼之后还想再看？

不要以为一个人只有一张脸。女人不必说，常常"上帝给她一张脸，她自己另造一张"。不涂脂粉的男人的脸,也有"卷帘"一格,外面摆着一副面孔,在适当的时候呱嗒一声如帘子一般卷起,另露出一副面孔。"杰克博士与海德先生"(Dr. Jekyll and Mr. Hyde)那不是寓言。误入仕途的人往往养成这一套本领。对下司道貌岸然,或是面部无表情,像一张白纸似的,使你无从观色,莫测高深,或是面皮绷得像一张皮鼓,脸拉得驴般长,使你在他面前觉得矮好几尺!但是他一旦见到上司,驴脸得立刻缩短,再往瘪里一缩,马上变成柿饼脸,堆下笑容,直线条全弯成曲线条,如果见到更高的上司,连笑容都凝结得堆不下来,未开言嘴唇要抖上好大一阵,脸上做出十足的诚惶诚恐之状。帘子脸是傲下媚上的主要工具,对于某一种人是少不得的。

不要以为脸和身体其他部分一样地受之父母,自己负不得责。不,在相当范围内,自己可以负责的,大概人的脸生来都是和善的,因为从婴儿的脸看来,不必一定都是颜如渥丹,但是大概都是天真无邪,令人看了喜欢的。我还没见过一个孩子带着一副不得善终的脸,脸都是后来自己作践坏了的,人们多半不体会自己的脸对于别人发生多大的影响。脸是到处都有的。在送殡的行列中偶然发现的哭丧脸,作讣闻纸色,眼睛肿得桃儿似的,固然难看。一行行的囚首垢面的人,如稻草人,如丧家犬,脸上作黄蜡色,像是才从牢狱里出来,又像是要到牢狱里去,凸着两只没有神的大眼睛,看着也令人心酸。还有一大群心地不够薄脸皮不够厚的人,满脸泛着平价米色，嘴角上也许还沾着一点平价油，身穿着一件平价布，一脸的愁苦，没有一丝的笑容，这样的脸是颇令人不快的。但是这些贫病愁苦的脸还不算是最令人不愉快，因为只是消极的令人心里堵得慌，而且稍微增加一些营养（如肉糜之类）或改善一些环境，脸上的神情还可以渐渐恢复常态。最令人不快的是一些本来吃得饱，睡得着，红光满面的脸，偏偏带着一股肃杀之气，冷森森地拒人千里之外，看你的时候眼皮都不抬，嘴撇得瓢儿似的，冷不防抬起眼皮给你一个白眼，黑眼球不知翻到哪里去了，脖梗子发硬，脑壳朝天，眉头皱出好几道熨斗都熨不平的深沟——这样的神情最容易在官办的业务机关的柜台后面出现。遇见这样的人，我就觉到惶惑：这个人是不是昨天赌了一夜以致睡眠不足，或是接连着腹泻了三天，或是新近遭遇了什么闵凶，否则何以乖戾至此，连一张脸的常态都不能维持了呢？

―― 厌恶女性者 ――
指女人为祸水，作为其口头禅

不要以为男人都是好色之徒，也有厌恶女性者。

《周书·列传》第四十，萧统三子萧詧，曾在江陵称帝八载，据说他"少有大志，不拘小节……性不饮酒，安于俭素……尤恶见妇人，虽相去数步，遥闻其臭。经御妇人之衣，不复更着"。

一个曾临九五的人，无论在位如何短暂，疆土如何狭小，我们可以想象内宫粉黛，必极其妍。而萧詧恶见妇人，事属不经，似难索解。女人离他数步之遥，他就闻到她的臭味，更是离奇，难道他遇到的妇人个个都患狐臭？因思古时淳于髡一斗亦醉，一石亦醉，最欢畅的时候是"州闾之会，男女杂坐……前有堕珥，后有遗簪""男女同席，履舄交错……主人留髡而送客，罗襦襟解，微闻芗泽"。芗泽就是指女人身上散发出来的一股特殊的香气。淳于髡说的大概是实话。这种香气须在相当亲近肌肤的时候才能闻到。《红楼梦》里宝玉不是就曾一再勉强的要闻黛玉的袖口吗？只因袖口里有芗泽。这种香气，萧詧大概是无缘消受。不过萧詧雅好佛理，曾有"内典华严般若法华金光明义疏四十六卷"的著作行世，也许因潜心佛理而厌恶女色，亦未可知。可是事实上他生了八个儿子，死时才四十四岁，这又怎么说？

厌恶女性者，英文叫作misogynist，在文学作品中有时也有很率直的描述。例如，十六世纪作家约翰·黎利（John Lyly）所作《优浮绮斯》（*Euphues*），其中有一封长信，是优浮绮斯在离开那不利斯返回雅典时写给他的一位朋友及一般痴情男子的。这封信号称为"戒色指南"（The Cooling Card）。其言曰：

她如果贞洁，必定拘谨；如果轻佻，必定淫荡；如是严肃的婆娘，谁肯爱她？如是放浪的泼妇，谁愿娶她？如是侍奉灶神的处女，她们是誓不嫁人的；如是追随爱神的信徒，她们是势必荒淫的。如果我爱一个美貌的，势必引起嫉妒；如果我爱一个貌寝的，会要使我疯狂。如果生育频繁，则负担有增无已；如果不能生育，则我的罪孽愈发深重；如果贤淑，我会担心她早死；如果不淑，我会厌恶她长寿。

把女人说得一无是处，其结论是"避免接近女人"。优浮绮斯的私行并不谨饬，被蛇咬过一回，以后见了绳子也怕。所以他的厌恶女性的论调实是有感而发。

异性相吸，男女相悦，乃是常情。至于溺于女色者，如纣王之宠妲己，幽王之宠褒姒，以至于亡国，则罪不全在妲己与褒姒，纣王、幽王须负更大之责任。只因佳人难再得，遂任其倾城倾国，昏君本人之罪责岂容推诿？赵飞燕的女弟刚接进宫，就有人在背后议论："此祸水也，必将灭火。"汉得火德而兴，是否因此一女子而澌灭，且不去管它，"祸水"一词从此成了某些女性的代名词。西谚有云："任何事故，追根问底，必定有个女人。"话并不错，不过要看怎样解释。一个人在事业上有所成就，很大部分是因为家有贤妻，一个人一生中不闯大祸，也很大部分是因为家有贤妻。"女人是水做的，男人是泥做的"，是女性崇拜的说法，指女人为祸水，是厌恶女性者的口头禅。

—— 女人 ——
喜欢说谎、善变、善哭、胆小、伶牙俐齿

有人说女人喜欢说谎，假如女人所捏撰的故事都能抽取版税，便很容易致富。这问题在什么叫作说谎。若是运用小小的机智，打破眼前小小的窘僵，获取精神上小小的胜利，因而牺牲一点点真理，这也可以算是说谎，那么，女人确是比较的富于说谎的天才。有具体的例证。你没有陪过女人买东西吗？尤其是买衣料，她从不干干脆脆地说要做什么衣，要买什么料，准备出多少钱。她必定要东挑西拣，翻天覆地，同时口中念念有词，不是嫌这匹料子太薄，就是怪那匹料子花样太旧，这个不禁洗，那个不禁晒，这个缩头大，那个门面窄，批评得人家一文不值。其实，蛮不是这么一回事，她只是嫌价码太贵而已！如果价钱便宜，其他的缺点全都不成问题，而且本来不要买的也要购储起来。一个女人若是因为炭贵而不升炭盆，她必定对人解释说："冬天升炭盆最不卫生，到春天容易喉咙痛！"屋顶渗漏，塌下盆大的灰泥，在未修补之前，女人便会向人这样解释："我预备在这地方安装电灯。"自己上街买菜的女人，常常只承认散步

和呼吸新鲜空气是她上市的唯一理由。艳羡汽车的女人常常表示她最厌恶汽油的臭味。坐在中排看戏的女人常常说前排的头等座位最不舒适。一个女人馈赠别人，必说："实在买不到什么好的……"其实这东西根本不是她买的，是别人送给她的。一个女人表示愿意陪你去上街走走，其实是她顺便要买东西。总之，女人总欢喜拐弯抹角的，放一个小小的烟幕，无伤大雅，颇占体面。这也是艺术，王尔德不是说过"艺术即是说谎"么？这些例证还只是一些并无版权的谎话而已。

　　女人善变，多少总有些哈姆雷特式，拿不定主意；问题大者如离婚结婚，问题小者如换衣换鞋，都往往在心中经过一读二读三读，决议之后再复议，复议之后再否决。女人决定一件事之后，还能随时做一百八十度的大转弯，做出那与决定完全相反的事，使人无法追随。因为变得急速，所以容易给人以"脆弱"的印象。莎士比亚有一名句："'脆弱'呀，你的名字叫作'女人！'"但这脆弱，并不永远使女人吃亏。越是柔韧的东西越不易摧折。女人不仅在决断上善变，即便是一个小小的别针位置也常变，午前在领扣上，午后就许移到了头发上。三张沙发，能摆出若干阵势；几根头发，能梳出无数花头。讲到服装，其变化之多，常达到荒谬的程度。外国女人的帽子，可以是一根鸡毛，可以是半只铁锅，或是一个畚箕。中国女人的袍子，变化也就够多，领子高的时候可以使她像一只长颈鹿，袖子短的时候恨不得使两腋生风，至于纽扣盘花，绲边镶绣，则更加是变幻莫测。"上帝给她一张脸,她能另造一张出来。""女人是水做的",是活水,不是止水。

女人善哭。从一方面看,哭常是女人的武器,很少人能抵抗她这泪的洗礼。俗语说,"一哭二闹三上吊",这一哭确实其势难挡。但从另一方面看,哭也常是女人的内心的"安全瓣"。女人的忍耐的力量是伟大的,她为了男人,为了小孩,能忍受难堪的委屈。女人对于自己的享受方面,总是属于"斯多亚派"的居多。男人不在家时,她能立刻变成为素食主义者,火炉里能爬出老鼠,开电灯怕费电,再关上又怕费开关。平素既已极端刻苦,一旦精神上再受刺激,便忍无可忍,一腔悲怨天然地化作一把把的鼻涕眼泪,从"安全瓣"中汩汩而出,腾出空虚的心房,再来接受更多的委屈。女人很少破口骂人(骂街便成泼妇,其实甚少),很少揎袖挥拳,但泪腺就比较发达。善哭的也就常常善笑,迷迷的笑,吃吃的笑,格格的笑,哈哈的笑,笑是常驻在女人脸上的,这笑脸常常成为最有效的护照。女人最像小孩,她能为了一个滑稽的姿态而笑得前仰后合,肚皮痛,淌眼泪,以至于翻筋斗!哀与乐都像是常川有备,一触即发。

女人的嘴,大概是用在说话方面的时候多。女孩子从小就往往口齿伶俐,就是学外国语也容易朗朗上口,不像嘴里含着一个大舌头。等到长大之后,三五成群,说长道短,声音脆,嗓门高,如蝉噪,如蛙鸣，真当得好几部鼓吹！等到年事再长，万一堕入"长舌"型，则东家长，西家短，飞短流长，搬弄多少是非，惹出无数口舌；万一堕入"喷壶嘴"型，则琐碎繁杂，絮聒唠叨，一件事要说多少回，一句话要说多少遍，如喷壶下注，万流齐发，当者披靡，不可向迩！一个人给他的妻子买一件皮大衣，朋友问他："你是为使她舒适吗？"那人回答说："不是，为使她少说些话！"

女人胆小，看见一只老鼠而当场昏厥，在外国不算是奇闻。中国女人胆小不至如此，但是一声霹雷使得她拉紧两个老妈子的手而仍战栗不止，倒是确有其事。这并不是做作，并不是故意在男人面前作态，使他有机会挺起胸脯说："不要怕，有我在！"她是真怕。在黑暗中或荒僻处，没有人，她怕；万一有人，她更怕！屠牛宰羊，固然不是女人的事，杀鸡宰鱼，也不是不费手脚。胆小的缘故，大概主要的是体力不济。女人的体温似乎较低一些，有许多女人怕发胖而食无求饱，营养不足，再加上怕臃肿而衣裳单薄，到冬天瑟瑟打战，袜薄如蝉翼，把小腿冻得作"浆米藕"色，两只脚放在被里一夜也暖不过来，双手捧热水袋，从八月捧起，捧到明年五月，还不忍释手。抵抗饥寒之不暇，焉能望其胆大。

女人的聪明，有许多不可及处，一根棉线，一下子就能穿入针孔，然后一下子就能在线的尽头处打上一个结子，然后扯直了线在牙齿上砰砰两声,针尖在头发上擦抹两下,便能开始解决许多在人生中并不算小的苦恼,例如缝上衬衣的扣子,补上袜子的破洞之类。至于几根篾棍,一上一下的编出多少样物事,更是令人叫绝。有学问的女人,创辟"沙龙",对任何问题能继续谈论至半小时以上,不但不令人入睡,而且令人疑心她是内行。

―― 男人 ――
脏、懒、馋、自私，偶尔还很长舌

　　男人令人首先感到的印象是脏！当然，男人当中亦不乏刷洗干净洁身自好的，甚至还有油头粉面衣冠楚楚的，但大体讲来，男人消耗肥皂和水的数量要比较少些。某一男校，对于学生洗澡是强迫的，入浴签名，每周计核，对于不曾入浴的初步惩罚是宣布姓名，最后的断然处置是定期强迫入浴，并派员监视，然而日久玩生，签名簿中尚不无浮冒情事。有些男人，西装裤尽管挺直，他的耳后脖根，土壤肥沃，常常宜于种麦！袜子手绢不知随时洗涤，常常日积月累，到处塞藏，等到无可使用时，再从那一堆污垢存货当中拣选比较干净的去应急。有些男人的手绢，拿出来硬像是土灰面制的百果糕，黑糊糊黏成一团，而且内容丰富。男人的一双脚，多半好像是天然的具有泡菜、霉干菜再加糖蒜的味道，所谓"濯足万里流"是有道理的，小小的一盆水确是无济于事，然而多少男人却连这一盆水都吝而不用，怕伤元气。两脚既然如此之脏，偏偏有些"逐臭之夫"喜于脚上藏垢纳污之处往复挖掘，然后嗅其手指，引以为乐！多少男人洗脸都是专洗本部，边疆一概不理，洗脸完毕，手背可以不湿，有的男人是在结婚后才开始刷牙。"扪虱而谈"的是男人。还有更甚于此者，曾有人当众搔背，结果是从袖口里面摔出一只老鼠！除了不可救救的脏相之外，男人的脏大概是由于懒。

对了！男人懒。他可以懒洋洋坐在旋椅上，五官四肢，连同他的脑筋（假如有），一概停止活动，像呆鸟一般；"不闻夫博弈者乎……"那段话是专对男人说的。他若是上街买东西，很少时候能令他的妻子满意，他总是不肯多问几家，怕跑腿，怕费话，怕讲价钱。什么事他都嫌麻烦，除了指使别人替他做的事之外，他像残废人一样，对于什么事都愿坐享其成，而名之曰"室家之乐"。他提前养老，至少提前三二十年。

紧毗连着"懒"的是"馋"。男人大概有好胃口的居多。他的嘴，用在吃的方面的时候多，他吃饭时总要在菜碟里发现至少一寸见方半寸厚的肉，才能算是没有吃素。几天不见肉，他就喊："嘴里要淡出鸟儿来！"若真个三月不知肉味，怕不要淡出毒蛇猛兽来！有一个人半年没有吃鸡，看见了鸡毛帚就流涎三尺。一餐盛馔之后，他的人生观都能改变，对于什么都乐观起来。一个男人在吃一顿好饭的时候，他脸上的表情硬是在感谢上天待人不薄；他饭后衔着一根牙签，红光满面，硬是觉得可以骄人。主中馈的是女人，修食谱的是男人。

男人多半自私。他的人生观中有一基本认识，即宇宙一切均是为了他的舒适而安排下来的。除了在做事赚钱的时候不得不忍气吞声地向人奴膝婢颜外，他总是要做出一副老爷相。他的家便是他的国度，他在家里称王。他除了为赚钱而吃苦努力外，他是一个"伊壁鸠鲁派"，他要享受。他高兴的时候，孩子可以骑在他的颈上，他引颈受骑，他可以像狗似的满地爬；他不高兴时，他看着谁都不顺眼，在外面受了闷气，回到家里来加倍地发作。他不知道女人的苦处。女人对于他的殷勤委屈，在他看来，就如同犬守户鸡司晨一样的稀松平常，都是自然现象。他说他爱女人，其实他不是爱，是享受女人。他不问他给了别人多少，但是他要在别人身上尽量榨取。他觉得他对女人最大的恩惠，便是把赚来的钱全部或部分拿回家来，但是当他把一卷卷的钞票从衣袋里掏出来的时候，他的脸上的表情是骄傲的成分多，亲爱的成分少，好像是在说："看我！你行么？我这样待你，你多幸运！"他若是感觉到这家不复是他的乐园，他便有多样的借口不回到家里来。他到处云游，他另辟乐园。他有聚餐会，他有酒会，他有桥会，他有书会、画会、棋会，他有夜会，最不济的还有个茶馆。他的享乐的方法太多。假如轮回之说不假，下世侥幸依然投胎为人，很少男人情愿下世做女人的。他总觉得这一世生为男身，而享受未足，下一世要继续努力。

"群居终日，言不及义"，原是人的通病，但是言谈的内容，却男女有别。女人谈的往往是"我们家的小妹又病了""你们家每月开销多少"之类。男人的是另一套，普通的方式，男人的谈话，最后不谈到女人身上便不会散场。这一个题目对男人最有兴味。如果有一个桃色案，他们唯恐其和解得太快。他们好议论人家的隐私，好批评别人的妻子的性格相貌。"长舌男"是到处有的，不知为什么这名词尚不甚流行。

—— 孩子 ——
树大自直，小时恣肆些，大了自然会好

兰姆是终身未娶的，他没有孩子，所以他有一篇《未婚者的怨言》收在他的《伊利亚随笔》里。他说孩子没有什么稀奇，等于阴沟里的老鼠一样，到处都有，所以有孩子的人不必在他面前炫耀。他的话无论是怎样中肯，但在骨子里有一点酸——葡萄酸。

我一向不信孩子是未来世界的主人翁，因为我亲见孩子到处在做现在的主人翁。孩子活动的主要范围是家庭，而现代家庭很少不是以孩子为中心的。一夫一妻不能成为家，没有孩子的家像是一株不结果实的树，总缺点什么；必定等到小宝贝呱呱坠地，家庭的柱石才算放稳，男人开始做父亲，女人开始做母亲，大家才算找到各自的岗位。我问过一个并非"神童"的孩子："你妈妈是做什么的？"他说："给我缝衣的。""你爸爸呢？"小宝贝翻翻白眼："爸爸是看报的！"但是他随即更正说："是给我们挣钱的。"孩子的回答全对。爹妈全是在为孩子服务。母亲早晨喝稀饭，买鸡蛋给孩子吃；父亲早晨吃鸡蛋，买鱼肝油精给孩子吃。最好的东西都要献呈给孩子,否则,做父母的心里便起惶恐,像是做了什么大逆不道的事一般。孩子的健康及其舒适,成为家庭一切设施的一个主要先决问题。这种风气,自古已然,于今为烈。自有小家庭制以来,孩子的地位顿时提高。以前的"孝子"是孝顺其父母之子,今之所谓"孝子"乃是孝顺其孩子之父母。孩子是一家之主,父母都要孝他!

"孝子"之说,并不偏激。我看见过不少的孩子,鼓噪起来能像一营兵;动起武来能像械斗;吃起东西来能像饿虎扑食;对于尊长宾客有如生番;不如意时撒泼打滚有如羊痫,玩得高兴时能把家具什物狼藉满室,有如惨遭洗劫……但是"孝子"式的父母则处之泰然,视若无睹,顶多皱起眉头,但皱不过三四秒钟仍复堆下笑容。危及父母的生存和体面的时候,也许要狠心咒骂几声,但那咒骂大部分是哀怨乞怜的性质,其中也许带一点威吓,但那威吓只能得到孩子的讪笑,因为那威吓是向来没有兑现过的。"孟懿子问孝,子曰:'无违。'"今之"孝子"深讳是说。凡是孩子的意志,为父母者宜多方体贴,勿使稍受挫沮。近代儿童教育心理学者又有"发展个性"之说,与"无违"之说正相符合。

体罚之制早已被人唾弃,以其不合儿童心理健康之故。我想起一个外国的故事:

一个母亲带孩子到百货商店。经过玩具部,看见一匹木马,孩子一跃而上,前摇后摆,踌躇满志,再也不肯下来。那木马不是为出售的,是商店的陈设。店员们叫孩子下来,孩子不听;母亲叫他下来,加倍不听;母亲说带他吃冰激凌去,依然不听;买朱古律糖去,格外不听。任凭许下什么愿,总是还你一个不听;当时演成僵局,顿成胶着状态。最后一位聪明的店员建议说:"我们何妨把百货商店特聘的儿童心理学家请来解围呢?"众谋佥同,于是把一位天生成有教授面孔的专家从八层楼请了下来。专家问明原委,轻轻走到孩子身边,附耳低声说了一句话,那孩子便像触电一般,滚鞍落马,牵着母亲的衣裙,仓皇遁去。事后有人问那专家到底对孩子说的是什么话,那专家说:"我说的是:'你若不下马,我打碎你的脑壳!'"

这专家真不愧为专家,但是颇有不孝之嫌。这孩子假如平常受惯了不兑现的体罚,威吓,则这专家亦将无所施其技了。约翰逊博士主张不废体罚,他以为体罚的妙处在于直截了当,然而约翰逊博士是十八世纪的人,不合时代潮流!

哈代有一首小诗,写孩子初生,大家誉为珍珠宝贝,稍长都夸作玉树临风,长成则为非作歹,终至于陈尸绞架。这老头子未免过于悲观。但是"幼有神童之誉,少怀大志,长而无闻,终乃与草木同朽"——这确是个可以普遍应用的公式。小时聪明，大时未必了了。究竟是知言，然而为父母者多属乐观。孩子才能骑木马，父母便幻想他将来指挥十万貔貅时之马上雄姿；孩子才把一曲抗战小歌哼得上口，父母便幻想着他将来喉声一啭彩声雷动时的光景；孩子偶然拨动算盘，父母便暗中揣想他将来或能掌握财政大权，同时兼营投机买卖……这种乐观往往形诸言语，成为炫耀，使旁观者有说不出的感想。曾见一幅漫画：一个孩子跪在他父亲的膝头用他的玩具敲打他父亲的头，父亲眯着眼在笑，那表情像是在宣告："看看！我的孩子！多么活泼，多么可爱！"旁边坐着一位客人咧着大嘴作傻笑状，表示他在看着，而且感觉兴趣。这幅画的标题是：《演剧术》。一个客人看着别人家的孩子而能表示感觉兴趣，这真确实需要良好的"演剧术"。兰姆显然是不欢喜演这样的戏。

孩子中之比较最蠢、最懒、最刁、最泼、最丑、最弱、最不讨人欢喜的，往往最得父母的钟爱。此事似颇费解，其实我们应该记得《西游记》中唐僧为什么偏偏欢喜猪八戒。谚云，"树大自直"，意思是说孩子不需管教，小时恣肆些，大了自然会好。可是弯曲的小树，长大是否会直呢？我不敢说。

—— 哈佛的嬉皮少年 ——
嬉皮有嬉皮的哲学，不是徒有其表

在西雅图的街头，偶然有三五成群的青年披着土黄色的粗布袈裟，穿着破烂的胶鞋，头上剃得光光的，顶上蓄留一小撮毛发梳成细细的小辫，有时候脸上还抹几条油彩，手敲着一面小鼓，摇摇摆摆跳跳蹦蹦的，口中念念有词。行人并不注意他们，他们也不干扰行人。他们拿着一些传单，但是也不热心散发。我觉得好奇怪，士耀告诉我："他们是模仿越南僧徒的服装，他们是反战分子。"

在华盛顿大学校园里，我看见一个青年大汉，胳膊底下夹着几本书，从图书馆门前石阶上走了下来，昂首阔步，旁若无人，但是他的鼻隼上抹了一条白灰，印堂上涂了一朵紫色小花，像是一位刚要下山"出草"的山胞。文蔷告诉我："这不稀奇，前些日子图书馆门前平台上有一位女生脱得一丝不挂，玉体横陈，任人拍照。"

所谓嬉皮也者，我久闻其名，以我所知他们是一个组织并不严密的团体，提倡泛爱，反对传统的社会、习俗、礼法，装束诡异，玩世不恭，向往的是原始的自然的生活。假如他们像梭罗（Thoreau）似的遁迹山林，远离尘嚣，甚至抗税反战，甘愿坐牢，那种浪漫的个人主义不是不可以了解的。假如他们像刘伶似的"以天地为栋宇，屋室为裈衣"，在屋里"脱衣裸形"，我们也可认为无伤大雅，不必以世俗的礼法绳之。不过我在西雅图街头校园所见所闻，似乎尚非正宗嬉皮，只是一些浅薄的东施效颦者流，以诡异的服装行径招摇于世罢了。

哈佛大学是我旧游之地，四十余年之后旧地重游，馆舍仍旧，人事全非。哈佛广场仍然是那样的逼仄，魏德纳图书馆旁边添了一道中国学生捐赠的石碑。最令人触目惊心的是哈佛校园里里外外有形似嬉皮的男男女女。他们的头发很长，不是"髧彼两髦"美而且鬈的样子，而是满头蓬松，有时候难分男女。男的满脸络腮胡子，有蓬首垢面而谈诗书的神气。女的有穿破烂裤子者，故意地在裤腿的上方留一两个三角破绽，里面没有内裤，做局部的裸裎。穿袜子的很少，穿凉鞋的很多。我不知道四十几年前的吉退之教授（Kittredge）和白璧德教授（Babbitt）若是现在还活着，看了这种样子将有何等感想。四十几年前哈佛校园以内是不准吸烟的，瘾君子们只能趁两堂课中间休息的十分钟跑到哈佛街上，一面倚墙晒太阳，一面吞烟吐雾。如今校园里到处是烟蒂。从前哈佛是一个最保守的学校，如今成了嬉皮型的学生们的大本营，比起我在西雅图街头校园所见所闻，有如小巫见大巫了。

　　有人说，嬉皮也有嬉皮的哲学。近代西方文明的发展使得社会人生机械化，人的生活被科学技术所支配，失掉了自由和个性，失掉了人生的情趣。所以嬉皮思想就是要在科学技术高度发达的社会里激起反抗，反抗一切传统礼法习俗，以求返回自然，恢复自我的存在。这一番话当然有一部分道理，不过据我看，反抗传统的思想在历史上是常有的，并不是一定在某时某地某种环境下才能突发的现象。文明的发展一直在进行，反抗文明也一直地有人在提倡。我们中国的《世说新语》记载着好多狂放任诞的故事，类似的情形亦不仅以六朝人为然，前前后后何代无之？在西洋从希腊的犬儒之玩世不恭，以至于十九世纪末的颓废主义者的震世骇俗的作风，也都是传统的反动。文明是时常呈现病态的，社会上是不乏不合理的现象，有心人应该对症下药，治本治标。若是逃避现实，消极地隐遁，甚至愤世嫉俗，玩世不恭，也可称之为洁身自好，仍不失为君子。唯有所见所闻的嬉皮少年，则徒袭嬉皮之皮毛，长发蓄须，鹑衣百结，恐怕只是惹人讨厌的人中渣滓而已。

—— 同学 ——

同学少年多不贱，五陵裘马自轻肥

同学，和同乡不同。只要是同一乡里的人，便有乡谊。同学则一定要有同窗共砚的经验。在一起读书，在一起淘气，在一起挨打，才能建立起一种亲切的交情，尤其是日后回忆起来，别有一番情趣。纵不曰十年窗下，至少三五年的聚首总是有的。从前书房狭小，需要大家挤在一个窗前，窗间也许着一鸡笼，所以书房又名曰鸡窗。至于梆硬死沉的砚台，大家共用一个，自然经济合理。

自有学校以来，情形不一样了。动辄几十人一班，百多人一级，一批一批地毕业，像是蒸锅铺的馒头，一屉一屉地发信出去。他们是一个学校的毕业生，毕业的时间可能相差几十年。祖父和他的儿孙可能是同学校毕业，但是不便称为同学。彼此相差个十年八年的，在同一学校里根本没有碰过头的人，只好勉强解嘲自称为先后同学了。

小时候的同学，几十年后还能知其下落的恐怕不多。我小学同班的同学二十余人，现在记得姓名的不过四五人。其中年龄较长身材最高的一位，我永远不能忘记，他脑后半长的头发用红头绳紧密扎起的小辫子，在脑后挺然翘起，像是一根小红萝卜。他善吹喇叭，毕业后投步军统领衙门当兵，在"堆子"前面站岗，挂着上刺刀的步枪，蛮神气的。有一位满脸疙瘩噜苏，大家送他一个绰号"小炸丸子"，人缘不好，偏爱惹事，有一天犯了众怒，几个人把他抬上讲台，按住了手脚，扯开他的裤带，每个人在他裤裆里吐一口唾液！我目睹这惊人的暴行，难过很久。又有一位好奇心强，见了什么东西都喜欢动手，有一天迟到，见了老师为实验冷缩热胀的原理刚烧过的一只铁球，过去一把抓起，大叫一声，手掌烫出一片的溜浆大泡。功课最好写字最工的一位，规行矩步，主任老师最赏识他，毕业后，于某大书店分行由学徒做到经理。再有一位由办事员做到某部司长。此外则人海茫茫，我就都不知其所终了。

有人成年之后怕看到小时候的同学，因为他可能看见过你一脖子泥、鼻涕过河往袖子上抹的那副脏相，他也许看见过你被罚站、打手板的那副窘相。他知道你最怕人知道你的乳名，不是"大和尚"就是"二秃子"，不是"栓子"就是"大柱子"，他会冷不防地在大庭广众之中猛喊你的乳名，使你脸红。不过我觉得这也没有什么不好，小时候嬉嬉闹闹，天真率直，那一段纯稚的光景已一去而不可复得，如果长大之后还能邂逅一两个总角之交，勾起童时的回忆，不也快慰生平么？

我进了中学便住校，一住八年。同学之中有不少很要好的，友谊保持数十年不坠，也有因故翻了脸掐过脖子的。大多数只是在我心中留下一个面貌謦欬的影子，我那一级同学有八九十人，经过八年时间的淘汰过滤，毕业时仅得六七十人，而我现在记得姓名的约六十人。其中有早夭的，有因为一时糊涂顺手牵羊而被开除的，也有不知什么缘故忽然辍学的，而这剩下的一批，毕业之后多年来天各一方，大概是"动如参与商"了。我三十八年来台湾，数同级的同学得十余人，我们还不时地杯酒联欢，恰满一桌。席间，无所不谈。谈起有一位绰号"烧饼"，因为他的头扁而圆，取其形似。在体育馆中他翻双杠不慎跌落，旁边就有人高呼："留神芝麻掉了！""烧饼"早已不在，不死于抗战时，而死于胜利之日；不死于敌人之手，而死于同胞之刀，谈起来大家无不唏嘘。又谈起一位绰号"臭豆腐"，只因他上作文课，卷子上涂抹之处太多，东一团西一块的尽是墨猪，老师看了一皱眉头说："你写的是什么字，漆黑一块块的，像臭豆腐似的！"哄堂大笑（北方的臭豆腐是黑色的，方方的小块），于是臭豆腐的绰号不胫而走。如今大家都做了祖父，这样的称呼不雅，同人公议，摘除其中的一个臭字，简称他为"豆腐"，直到如今。还有一位绰号叫"火车头"，因为他性褊急，出语如连珠炮，气咻咻，唾沫飞溅，做事横冲直撞，勇猛向前，所以赢得这样的一个绰号，抗战期间不幸死于日寇之手。我们在台的十几个同学，轮流做东，宴会了十几次，以后便一个个地凋谢，溃不成军，凑不起一桌了。

同学们一出校门，便各奔前程。因为修习的科目不同，活动的范围自异。风云际会，拖青纡紫者有之；踵武陶朱，腰缠万贯者有之；有一技之长，出人头地者有之；而坐拥皋比，以至于吃不饱饿不死者亦有之。在校的时候，品学俱佳，头角峥嵘，以后未必有成就。所谓"小时了了，大未必佳"，确是不刊之论。不过一向为人卑鄙投机取巧之辈，以后无论如何翻云覆雨，也逃不过老同学的法眼。所以有些人回避老同学唯恐不及。

杜工部漂泊西南的时候，叹老嗟贫，咏出"同学少年多不贱，五陵裘马自轻肥"的句子。那个"自"字好不令人惨然！好像是衮衮诸公裘马轻肥，就是不管他"一家都在秋风里"。其实同学少年这一段交谊不攀也罢。"衣敝缊袍，与衣狐貉者立"，纵然不以为耻，可是免不了要看人的嘴脸。

—— 大学教授 ——
教授是一种职业，不必看得过重

有许多人，把所有的大学教授都看得很重，以为他们在品行上都是很清高的，在学问上更不消说。只要认清"博士""硕士"的招牌，便不致误。其实这是误会。由这种误会还许产生出许多失望和悲剧。

大学教授是一种职业，比较的还算是赚钱的职业。要说干这种生意，也不容易。从小的时候，父母就要下本钱，由买石板粉笔以至于出洋旅费，纵然不致倾家荡产，也要元气大伤。学成之后，应该不难于立身扬名以显父母，设若遭逢非时，沦为大学教授，总算是屈尊俯就，很委屈了。

一般的人若是生来没有什么大毛病，谁愿意坐冷板凳？但是"得天下之英才，而教育之，一乐也"！而天下之英才往往不在一个学校，所以身为大学教授者，也就往往身兼数校教授，多多益善，这完全是热心服务，薪金多寡，倒是一件小事。以现代人的眼光论，谁要是一辈子做大学教授，谁就是没出息！他们以为大学教授本是升官发财的路上的驻足之所。

所以肯长进的人，等到有官可做，有财可发的时候，区区教授，便视如敝屣了。

若有思想迂腐的人说："先生，你这不是误人子弟吗？"他将回答说："是的，是的，不过当初人家也是照样误我来的，否则我也不来做教授了！"

—— 乞丐 ——
不到山穷水尽，谁也不愿做这样的自由人

在我住的这一个古老的城里，乞丐这一种光荣的职业似乎也式微了。从前街头巷尾总点缀着一群三分像人七分像鬼的家伙，缩头缩脑地挤在人家房檐底下晒太阳，捉虱子，打瞌睡，啜冷粥，偶尔也有些个能挺起腰板，露出笑容，老远地就打躬请安，满嘴的吉祥话，追着洋车能跑上一里半里，喘得像只风箱。还有些扯着哑嗓穿行街巷大声地哀号，像是担贩的吆喝。这些人现在都到哪里去了？

据说，残羹剩饭的来源现在不甚畅了，大概是剩下来的鸡毛蒜皮和一些汤汤水水的东西都被留着自己度命了，家里的一个大坑还填不满，怎能把余沥去滋润别人！一个人单靠喝西北风是维持不了多久的。追车乞讨吗？车子都渐渐现代化，在沥青路上风驰电掣，飞毛腿也追不上。汽车停住，砰的一声，只见一套新衣服走了出来，若是一个乞丐赶上前去，伸出胳臂，手心朝上，他能得到什么？给他一张大票，他找得开吗？沿街托钵，呼天抢地也没有用。人都穷了，心都硬了，耳都聋了。偌大的城市已

经养不起这种近于奢侈的职业。不过，乞丐尚未绝种，在靠近城市的大垃圾山上，还有不少同志在那里发掘宝藏，埋头苦干，手脚并用，一片喧豗。他们并不扰乱治安，也不侵犯产权，但是，说老实话，这群乞丐，无益税收，有碍市容，所以难免不像捕捉野犬那样的被捉了去。饿死的饿死，老成凋谢，继起无人，于是乞丐一业逐渐衰微。

在乞丐的艺术还很发达的时候，有一个乞讨的妇人给我很深的印象。她的巡回的区域是在我们学校左边。她很知道争取青年，专以学生为对象。她看见一个学生远远地过来，她便在路旁立定，等到走近，便大喊一声"敬礼"，举手、注视，一切如仪。她不喊"爷爷""奶奶"，她喊"校长"，她大概知道新的升官图上的晋升的层次。随后是她的申诉，其中主要的一点是她的一个老母，年纪是八十。她继续乞讨了五六年，老母还是八十。她很机警，她追随几步之后，若是觉得话不投机，她的申诉便戛然而止，不像某些文章那样啰唆。她若是得到一个铜板，她的申诉也戛然而止，像是先生听到下课铃声一般。这个人如果还活着，我相信她一定能编出更合时代潮流的一套新词。

我说乞丐是一种光荣的职业，并不含有鼓励懒惰的意思。乞丐并不是不劳而获的人，你看他晒得黧黑干瘦，跑得上气不接下气，何曾安逸。而且他取不伤廉，勉强维持他的灵魂与肉体不至涣散而已。他的乞食的手段不外两种：一种是引人怜，一是讨人厌。他满口"祖宗""奶奶"地乱叫，听者一旦发生错觉，自己的孝子贤孙居然沦落到这地步，恻隐之心就会油然而起。他若是背有瞎眼的老妈在你背后亦步亦趋，或是把畸形的腿露出来给你看，或是带着一窝的孩子环绕着你叫唤，或是在一块硬砖上稽颡在额上撞出一个大包，或是用一根草棍支着那有眼无珠的眼皮，或是像一个"人彘"似的就地擦着，或者申说遭遇，比"舍弟江南死，家兄塞北亡"还要来得凄怆，那么你那磨得梆硬的心肠也许要露出一丝的怜悯。怜悯不能动人，他还有一套讨厌的办法。他满脸的鼻涕眼泪，你越厌烦，他挨得越近，看看随时都会贴上去的样子，这时你便会情愿出钱打发他走开，像捐款做一桩卫生事业一般。不管是引人怜或是讨人厌，不过只是略施狡狯，无伤大雅。他不会伤人，他不会犯法；从没有一个人想伤害一个乞丐，他的那一把骨头，不足以当尊臂，从没有一种法律要惩治乞丐，乞丐不肯触犯任何法律所以才成为乞丐。乞丐对社会无益，至少也是并无大害，顶多是有一点有碍观瞻，如有外人参观，稍稍避一下也就罢了。有人认为乞丐是社会的寄生虫，话并不错，不过在寄生虫这一门里，白胖的多得是，一时怕数不到他吧？

从没有听说过什么人与乞丐为友，因而亦流于乞丐。乞丐永远是被认为现世报的活标本。他的存在饶有教育意义。无论交友多么滥的人，交不到乞丐，乞丐自成为一个阶级，真正的"无产"阶级（除了那只砂锅），乞丐是人群外的一种人。他的生活之最优越处是自由；鹑衣百结，无拘无束，街头流浪，无签到请假之烦，只求免于冻馁，富贵于我如浮云。所以俗语说："三年要饭，给知县都不干。"乞丐也有他的穷乐。我曾想象一群乞丐享用一只"花子鸡"的景况，我相信那必是一种极纯洁的快乐。Charles Lamb对于乞丐有这样的赞颂：

  褴褛的衣衫，是贫穷的罪过，却是乞丐的袍褂，他的职业的优美的标志，他的财产，他的礼服，他公然出现于公共场所的服装。他永远不会过时，永远不追在时髦后面。他无须穿着宫廷的丧服。他什么颜色都穿，什么也不怕。他的服装比桂格教派的人经过的变化还少。他是宇宙间唯一可以不拘外表的人。世间的变化与他无干。只有他屹然不动。股票与地产的价格不影响他。农业的或商业的繁荣也与他无涉，最多不过是给他换一批施主。他不必担心有人找他做保。没有人肯过问他的宗教或政治倾向。他是世界上唯一的自由人。

话虽如此，谁不到山穷水尽谁也不肯做这样的自由人。只有一向做神仙的，如李铁拐和济公之类，游戏人间的时候，才肯短期地化身为一个乞丐。

—— 诗人 ——
假如一个诗人住在隔壁

有人说："在历史里一个诗人似乎是神圣的，但是一个诗人在隔壁便是个笑话。"这话不错。看看古代诗人画像，一个个的都是宽衣博带，飘飘欲仙，好像不食人间烟火的样子。《辋川图》里的人物，弈棋饮酒，投壶流觞，一个个的都是儒冠羽衣，意态萧然，我们只觉得摩诘当年，千古风流，而他在苦吟时堕入醋瓮里的那副尴尬相，并没有人给他写画流传。我们凭吊浣花溪畔的工部草堂，遥想杜陵野老典衣易酒卜居茅茨之状，吟哦沧浪，主管风骚，而他在耒阳狂啖牛炙白酒胀饫而死的景象，却不雅观。我们对于死人，照例是隐恶扬善，何况是古代诗人，篇章遗传，好像是痰唾珠玑，纵然有些小小乖僻，自当加以美化，更可资为谈助。王摩诘堕入醋瓮，是他自己的醋瓮，不是我们家的水缸，杜工部旅中困顿，累的是耒阳知县，不是向我家叨扰。一般人读诗，犹如观剧，只是在前台欣赏，并无须侧身后台打听优伶身世，即使刺听得多少奇闻逸事，也只合作为梨园掌故而已。

假如一个诗人住在隔壁，便不同了。虽然几乎家家门口都写着"诗书继世长"，懂得诗的人并不多。如果我是一个名利中人，而隔壁住着一个诗人，他的大作永远不会给我看，我看了也必以为不值一文钱，他会给我以白眼，我看他一定也不顺眼。诗人没有常光顾理发店的，他的头发作飞蓬状，作狮子狗状，作艺术家状。他如果是穿中装的，一定像是算命瞎子，两脚泥；他如果是穿西装的，一定是像卖毛毯子的白俄，一身灰；他游手好闲；他白昼做梦；他无病呻吟；他有时深居简出，闭门谢客；他有时终年流浪，到处为家；他哭笑无常；他饮食无度；他有时贫无立锥；他有时挥金似土；如果是个女诗人，她口里可以衔只大雪茄；如果是男的，他向各形各色的女人去膜拜；他喜欢烟、酒、小孩、花草、小动物——他看见一只老鼠可以作一首诗；他在胸口上摸出一只虱子也会作成一首诗。他的生活习惯有许多与人不同的地方。有一个人告诉我，他曾和一个诗人比邻，有一次同出远游，诗人未带牙刷，据云留在家里为太太使用，问之曰："你们原来共用一把吗？"诗人大惊曰："难道你们是各用一把吗？"

诗人住在隔壁，是个怪物，走在街上尤易引起误会。伯朗宁有一首诗《当代人对诗人的观感》，描写一个西班牙的诗人性好观察社会人生，以致被人误认为是一个特务，这是何等的讥讽！他穿的是一身破旧的黑衣服，手杖敲着地，后面跟着一条秃瞎老狗，看着鞋匠修理皮鞋，看人切柠檬片放在饮料里，看焙咖啡的火盆，用半只眼睛看书摊，谁虐打牲畜谁咒骂女人都逃不了他的注意——所以他大概是个特务,把观察所得呈报国王。看他那个模样儿,上了点年纪,那两道眉毛,亏他的眼睛在下面住着!鼻子的形状和颜色都像鹰爪。某甲遇难,某乙失踪,某丙得到他的情妇——还不都是他干下的事?他费这样大的心机,也不知得多少报酬。大家都说他回家用晚膳的时候,灯火辉煌,墙上挂着四张名画,二十名裸体女人给他捧盘换盏。其实,这可怜的人过的乃是另一种生活,他就住在芒桥边第三家,新油刷的一幢房子,全街的人都可以看见他交叉着腿,把脚放在狗背上,和他的女仆在打纸牌,吃的是酪饼水果,十点钟就上床睡了。他死的时候还穿着那件破大衣,没膝的泥,吃的是面包壳,脏得像一条熏鱼!

这位西班牙的诗人还算是幸运的,被人当作特务,在另一个国度里,这样一个形迹可疑的诗人可能成为特务的对象。

变戏法的总要念几句咒,故弄玄虚,增加他的神秘,诗人也不免几分江湖气,不是谪仙,就是鬼才,再不就是梦笔生花,总有几分阴阳怪气。外国诗人更厉害,做诗时能直接地祷求神助,好像是仙灵附体的样子。

一颗沙里看出一个世界,
一朵野花里看出一个天堂,

把无限抓在你的手掌里，
把永恒放进一刹那的时光。

若是没有一点慧根的人，能说出这样的鬼话吗？你不懂？你是蠢才！你说你懂，你便可跻身于风雅之林，你究竟懂不懂，天知道。

大概每个人都曾经有过做诗人的一段经验。在"怨黄莺儿作对，怪粉蝶儿成双"的时节，看花谢也心惊，听猫叫也难过，诗就会来了，如枝头舒叶那么自然。但是入世稍深，渐渐煎熬成为一颗"煮硬了的蛋"，散文从门口进来，诗从窗户出去了。"嘴唇在不能亲吻的时候才肯唱歌。"一个人如果达到相当年龄，还不失赤子之心，经风吹雨打，方寸间还能诗意盎然，他是得天独厚，他是诗人。

诗不能卖钱。一首新诗，如抬断数根须即能脱稿，那成本还是轻的，怕的是像牡蛎肚里的一颗明珠，那本是一块病，经过多久的滋润涵养才能磨炼孕育成功，写出来到哪里去找顾主？诗不能给富人客厅里摆设作装潢，诗不能给广大的读者以娱乐。富人要的是字画珍玩，大众要的是小说戏剧。诗，短短一橛，充篇幅都不中用。诗是这样无用的东西，所以以诗为业的诗人，如住在你的隔壁，自然是个笑话。将来在历史上能否就成为神圣，也很渺茫。

―― 医生 ――
有什么样的病人就有什么样的医生

医生是一种神圣的职业,因为他能解除人的痛苦,着手成春。有一个人,有点老毛病,常常发作,闹得死去活来,只要一听说延医,病就先去了八分,等到医生来到,霍然而愈,试脉搏听心跳完全正常,医生只好愕然而退,延医的人真希望病人的痛苦稍延长些时。这是未着手就已成春的一例,可是医生一不小心,或是虽已小心而仍然错误,他随时也有机会减短人的寿命。据说庸医的药方可以辟鬼,比钟馗的像还灵,胆小的夜行人举着一张药方就可以通行无阻,因为鬼中有不少生前吃过那样药方的亏的,死后还是望而生畏。医生以济世活人为职志,事实上是掌握着生杀的大权的。

说也奇怪,在舞台上医生大概总是由丑角扮演的。看过《老黄请医》的人总还记得那个医生的脸上是涂着一块粉的。在外国也是一样,在莫里哀或是拉毕施的笔下,医生也是令人啼笑皆非的人物。为什么医生这样的不受人尊敬呢?我常常纳闷。

大概人在健康的时候，总把医药看作不祥之物，就是有点头昏脑热，也并不慌，保国粹者喝午时茶，通洋务者服阿斯匹林，然后蒙头大睡，一汗而愈。谁也不愿常和医生交买卖。一旦病势转剧，伏枕哀鸣，深为造物小儿所苦，这时候就不能再忘记医生了。记得小时候家里延医，大驾一到，家人真是倒屣相迎，请入上座，奉茶献烟，环列伺候，毕恭毕敬，医生高踞上座并不谦让，吸过几十筒水烟，品过几盏茶，谈过了天气，叙过了家常，抱怨过了病家之多，此后才能开始他那一套望闻问切君臣佐使。再倒茶，再装烟，再扯几句淡话（这时节可别忘了偷偷地把"马钱"送交给车夫），然后恭送如仪。我觉得那威风不小。可是奉若神明也只限于这一短短的时期，一俟病人霍然，医生也就被丢在一旁。至于登报鸣谢悬牌挂匾的事，我总怀疑究竟是何方主使，我想事前总有一个协定。有一个病人住医院，一只脚已经伸进了棺木，在病人看来这是一件至关重要的事，在医生看来这是常见的事，老实说医生心里也是很着急的，他不能露出着急的样子，病人的着急是不能隐藏的，于是许愿说如果病瘳要捐赠医院若干若干，等到病愈出院早把愿心抛到九霄云外，医生追问他时，他说："我真说过这样的话吗？你看，我当时病得多厉害！"大概病人对医生没有多少好感，不病时以医生为不祥，既病则不能不委曲逢迎他，病好了，就把他一脚踢开，人是这样忘恩负义的一种动物，有几个人能像Androclus遇见的那只狮子？所以医生以丑角的姿态在舞台上出现，正好替观众发泄那平时不便表示的积愤。

可是医生那一方面也有许多别扭的地方。他若是登广告，和颜悦色地招徕主顾，立刻有人要挖苦他："你们要找庸医吗，打开报纸一看便是。"所以他被迫采取一种防御姿势，要相当地傲岸。尽管门口鬼多人少，也得做出忙的样子。请他去看病，他不能去得太早，要等你三催六请，像大旱后之云霓一般而出现。没法子，忙。你若是登门求治，挂号的号码总是第九十几号，虽然不至于拉上自己的太太小姐，坐在候诊室里来壮声势，总得摆出一种排场，令你觉得他忙，忙得不能和你多说一句话。好像是算命先生如果要细批流年须要卦金另议一般。不过也不能一概而论，医生也有健谈的，病人尽管愁眉苦脸，他依然能谈笑风生。我还知道一些工于应酬的医生，在行医之前，先实行一套相法，把病人的身份打量一番，对什么样的人说什么样的话。明明是西医，他对一位老太婆也会说一套阴阳五行的伤寒论，对于愿留全尸的人他不坚持打针，对于怕伤元气的人他不用泻药。明明的不知病原所在，他也得撰出一篇相当的脉案的说明，不能说不知道，"你不知道就是你没有本事"，说错了病原总比说不出病原令出诊费的人觉得不冤枉些。大概发烧即是火，咳嗽就是风寒，有痰就是肺热，腰疼即是肾亏，大致总没有错。摸不清病原也要下药，医生不开方就不是医生，好在符箓一般的药方也不容易被病人辨认出来。因为这种种情形的逼迫，医生不能不有一本生意经。

生意经最精的是兼营药业，诊所附设药房，开了方子立刻配药，几十个瓶子配来配去变化无穷，最大的成本是那盛药水的小瓶，收费言无二价。出诊的医生随身带着百宝箱，灵丹妙药一应俱全，更方便，连药剂师都自兼了。

天下是有不讲理的人的，"医生治病不治命"，但是打医生摘匾的事却也常有。所以话要说在前头，芝麻大的病也要说得如火如荼不可轻视，病好了是他的功劳，病死了怪不得人。如果真的疑难大症撞上门来，第一步先得说明来治太晚，第二步要模棱地说如果不生变化可保无虞，第三步是姑投以某某药剂以观后果，第四步是敬谢不敏另请高明，或是更漂亮地给介绍到某某医院，其诀曰："推。"

我并不责难医生。我觉得医生里面固然庸医不少，可是病人里面浑虫也很多。有什么样子的病人就有什么样的医生，天造地设。

―― 警察 ――
我们要善待警察，尊敬警察

我从小对警察有好感。

北平之有警察，大概是庚子以后的事。维持地方治安的机构本是步军统领衙门。所谓步军统领，又称九门提督，是前清官名，负保卫治安肃清辇毂的重责，一向都是由满洲亲信大臣兼任，所统率的士兵也是以满洲子弟为主体。在我二十岁左右的时候，步军在大街上隔不远的地方犹有三间一栋的小房，为驻扎之所，名为"堆子"。堆子前面照例有兵站岗。我的小学同学之属于旗籍的就颇有几位在小学毕业之后投效步军。我看着他们穿着褪色的皱褶的灰色制服，挂着上了刺刀的步枪，足踏各式各样的破布鞋，在"堆子"前面停立，还蛮神气的呢。

警察代兴之后，步军仍然苟延残喘于一时，清室既屋，步兵已无拱卫辇毂的责任，更没有综理民事的能力。当初京师有"巡捕营"，掌管檄巡地方诘禁奸宄之事，在乾隆年间设有五营之多，在步军统领统率之下，日久废弛，形同虚设。到了清季，巡警总厅正式设立，民初改称警察厅。警察一向以北平为中心，巡警总厅于各省设有巡警道。警察厅办理警政为全国模范。北平很久以来沿称警察为巡警。

北京市井谑称巡警为"臭脚巡"，大概是因为他们终日在街上巡查，以致两脚发臭之故。我对于他们很有同情。他们的待遇太低，仅足糊口；我想其中不少是啃窝头的。有一阵子，我的右邻是左二区的警察分局，只隔一道墙，什么声音都听得见。星期日午间常有呼噜呼噜之声自墙外传来，间以咔嚓咔嚓之声，欢呼笑语不绝。细辨之，是警察先生们吃炸酱面，呼噜声是吸面条，咔嚓声是咬蒜瓣，大概是打牙祭。听他们的欢笑，我也分享他们的快乐。他们的两套制服，夏季黄的，冬季黑的，永远是洗得褪了色，皱皱巴巴的。看那份褴褛样子，怎能让人起敬？但是我们不可小觑他们。北平的警察几乎个个彬彬有礼，而且能言善道，民众发生纠纷，他们权充和事佬，时常真能排难解纷息事宁人。警察在一定的区域服务，一干就是多少年。没听说什么不时轮调之说，所以警察和当地人民相处相当融洽。很少看到他们身怀武器，不过他们身上少不了一根白绳，像童子军身上的白绳，他们名之曰法绳，是系犯人用的。我没见过手铐，我看见过警察用一根白绳系起一串犯人，像童子牵着一串骆驼似的，牵着他们在街上行走。

上海的印度阿三、安南巡捕，给我另一种印象，前者像凶神，后者像小鬼，最好离他们远远的。安南巡捕最可恶，他们专门欺侮平民小贩。他们腰间经常挂着一个利器，两根小木棒，连着一条铁链子，我先还不知道这刑具如何使用。有一天看到一个安南巡捕在菜场门前抓住一个违规卖菜的乡下人，他把铁链绕在那人的腕上，然后把那两根木棒旋扭起来，铁链登时陷入肉里，只见那乡下人痛得在地上打滚，呼天抢地。安南巡捕固然穷凶极恶，捕房里的法国警官也不是东西，里面设有行刑的专室，我在善钟路捕房亲眼看到，一个警官用手枪抵住一个犯人，另一警官就像在沙袋前练拳一样，两拳齐施，直打得犯人鼻青脸肿，然后像拖死猪一样往铁笼里一丢，听候审判。这一顿揍，只能算是杀威。老虎可怕，伥也可恨。这是租界，有什么说的？

台湾的警察，我觉得很值得称赞。警察是维护法律秩序的。他们至少在外表形象上魁梧健壮，才能给人好的印象。纽约的警察号称"纽约人的精华"（New York Best），因为他们经过精挑细选，各个高大俊美。美国其他城市的警察无不皆然。他们的服装也好，永远是笔挺整洁。身上带的零件也多。但是警察驾车出外巡逻，停在路边，立刻就有小孩子围拢起来，摸摸他的警徽，摸摸他的手枪，他有时还会和他们讲个小故事。我问过好几个小孩子："你们长大了想做什么？"他们异口同声地说："做警察。"在他们心目中，警察是英雄，代表好人（good guy）打击坏人（bad guy）。我们台湾的警察，外形也很不错，还没有到和儿童打成一片的程度，但是也很受尊敬。

我说台湾的警察好，是因为我和他们有过较密切的接触。有一年，一个独行盗入寒家，在持枪威胁之下劫去少许财物。损失不大，惊吓不小。家人及时报警，警至而盗已远扬。盗曾扬言如果报警必来报复，所以心里不无惴惴。四五位警察在我家里保护我。我给他们泡一壶茶，拿一包烟，送上一副跳棋，这就是全部的招待。到了九点，他们叫我睡觉。十点，电话来，赃已在一个当铺找到。十二点，电话又来，说盗已在一个赌场就逮，要我起来到分局指认。然后又把我送回家。前后十二小时破案。盗有特殊身份，十二天后伏法。警察的热心、亲切、机智、勇敢，使我甚为感动。没有警察，社会将要成为什么样子？

任何机构不可能没有害群之马。知法犯法的警察是少数而又少数。我看到警察在烈日之下站在街头指挥交通，驾着警车在街上巡逻，辄肃然起敬。

我们要善待警察，尊敬警察。

―― 暴发户 ――
投机冒险，其兴也暴，其亡也速

暴发户，外国也有，叫作parvenu或nouveau riche，意为新贵新富。这一种人，有鲜明的特征，在人群中自成一格，令人一眼就可以辨认出来。旧戏里有一个小丑曾说过这样的一句话："树小墙新画不古，此人必是内务府。"挖苦暴发户，入木三分。

内务府是前清的一个衙门，掌管大内的财务出纳，以及祭礼、宴飨、膳馐、衣服、赐予、刑法、工作、教习，职务繁杂，组织庞大，下分七司三院，其长官名为总理大臣。凡能厕身其间者，无不被人艳羡，视为肥缺。"三年清知府，十万雪花银"，何况是给皇帝佬儿办总务？经手三分肥，内务府当差的几乎个个暴发。

人在暴发之后，第一桩事多半是求田问舍。锯木头，盖房子，叱咤立办；山节藻棁，玉砌雕栏，亦非难致。唯独想在庭院之中立即拥有三槐五柳，婆娑掩映于朱门绣户之间，则非人力财力所能立即实现。十年树木，还是保守的说法，十年过后也许几株龙柏可以不再需要木架扶持，也许那些七杈八杈韵味毫无的油加利猛蹿三两丈高，时间没有成熟之前，房子尽管富丽堂皇，堂前也只好放四盆石榴树，几棵夹竹桃，南墙脚摆几盆秋海棠。树，如果有，一定是小的。新盖的房子，墙也一定是新的，丹、青、赭、垩，光艳照人，还没来得及风雨剥蚀，还没来得及接受行人题名、顽童刻画、野狗遗溺。此之谓树小墙新。

暴发户对于室内装潢是相当考究的。进得门来，迎面少不得一个特大号的红地洒金的福字斗方，是倒挂着的，表示福到了。如果一排五个斗方当然更好，那是五福临门。室内灯饰，不比寻常。通常是八盏粗制滥造的仿古宫灯，因为楠木框花毛玻璃已不可得，象牙饰丝线穗更不必说。此外墙上、柱上、梁上、天花板上，还有无数的大大小小的电灯，甚至还有一串串的跑灯、霓虹灯，略似电视综艺节目之豪华场面。墙上也许还挂起一两幅政要亲笔题款的玉照，主人借以对客指点曰："某公厚我，某公厚我。"但是墙上没有画是不行的，乃斥巨资定绘牡丹图，牡丹是五色的，象征五福临门，未放的花苞要多，象征多子多孙，题曰"富贵满堂"。如果这一幅还不够，可再加一幅猫蝶图，或是一幅"鹤鹿同春"，鹤要红顶，鹿要梅花。总之是画不古，顶多也许有一张仇十洲的仕女或是郑板桥的墨竹，好像稍微为古一点点，但是谁愿说穿是真迹还是赝品？

新屋落成而不宴宾客，那简直是衣锦夜行。于是詹吉折简，大张盛筵，席开三桌，座位次序都经过审慎的考虑安排，中间一桌是政界，大小首长；右边一桌是商界，公司大亨；左边一桌只能算是"各界"，非官非商的一些闲杂人等。整套的银器出笼，也许是镀银，光亮耀眼，大型的器皿都是下有保温的热水屉，上有覆罩的碗盖。如果是鸡鸭，碗盖雕塑成鸡鸭形，如果是鱼，则成鱼形。碗足上、筷子上都刻有题字曰"某某自置"。一旁伺候的男女用人，全穿制服，白布长衫旗袍，领口、袖口、下摆还绲着红边。至于席上的珍馐，则殽胾重叠，燔炙满案。客人连声夸好，主人则忙不迭地说："家常便饭不成敬意。"

饭前饭后少不得要引导宾客参观新居，这是宴客的主要项目。先从客厅看起，长廊广庑，敞豁有容，中间是一块大地毯，主人说明是波斯制品，可是很明显的图案不像。几套皮垫大沙发之外，有一套远看像是楠木雕花长案、小几、太师椅之类的古老家具。长案之上有百古架、玉如意、百鹿尊、金钟、玉磬，挤得密密杂杂。小几前面居然还有蓝花白瓷的痰盂。旁边可能有一大箱热带鱼，另一边可能有大型立体音响。至于电视机，那就一定不止一台了。寝室里四壁至少有两面全是镜子，花灯照耀之下，有如置身水晶宫中。高广大床，锦帱绣帐，松软的弹簧床垫像是一大块天使蛋糕。浴缸则像是小型游泳池。书房也有一间，几净窗明，文房四宝罗列井然。书柜里有廿五史、百科全书，以及六法全书，一律布面烫金,金光熠熠。后院有温室一间,里面挂着几盆刚开败了的洋兰。众宾客参观完毕,啧啧称赞,可是其中也有一位冷冷地低声地说:"这全是等闲之功!"人问其语出何典,他说:"不记得《水浒传》王婆贪贿说风情,有所谓五字诀吗?"众皆粲然,主人也似懂非懂地跟着大家哈、哈、哈。

主人在仰着头打哈哈的时候,脖梗子上明显地露出三道厚厚的肥肉折叠起来的沟痕。大腹便便,虽不至"垂腴尺余",也够瞧老大半天。"乐然后笑",心里欢畅,自然就面团团,不时地辗然而笑。常言道:"人无横财不富,马无夜草不肥。"横财自何处来?没有人事前知道,只能说是逼人而来,说得玄虚一点便是自来处来。不过事后分析,也可找出一些蛛丝马迹,不会没有因缘。大抵其人投机冒险,而又遭逢时会,遂令竖子暴发。"君子之泽,五世而斩。"暴发户呢?其兴也暴,很可能"眼看他起高楼,眼看他宴宾客,眼看他楼塌了"!

第二部分

良好习惯，才是合于「自然」的生活

—— 谦让 ——

利之所在,使人忘形,谦让不容易

谦让仿佛是一种美德,若想在眼前的实际生活里寻一个具体的例证,却不容易。类似谦让的事情近来似很难得发生一次。就我个人的经验说,在一般宴会里,客人入席之际,我们最容易看见类似谦让的事情。

一群客人挤在客厅里,谁也不肯先坐,谁也不肯坐首座,好像"常常登上座,渐渐入祠堂"的道理是人人所不能忘的。于是你推我让,人声鼎沸。辈分小的,官职低的,垂着手远远地立在屋角,听候调遣。自以为有占首座或次座资格的人,无不攘臂而前,拉拉扯扯,不肯放过他们表现谦让的美德的机会。有的说:"我们叙齿,你年长!"有的说:"我常来,你是稀客!"有的说:"今天非你上座不可!"事实固然是为让座,但是当时的声浪和唾沫星子却都表示像在争座。主人觍着一张笑脸,偶尔插一两句嘴,作鹭鸶笑。这场纷扰,要直到大家的兴致均已低落,该说的话差不多都已说完,然后急转直下,突然平息,本就该坐上座的人便去就了上座,并无苦恼之相,而往往是显着踌躇满志顾盼自雄的样子。

我每次遇到这样谦让的场合，便首先想起《聊斋》上的一个故事：一伙人在热烈地让座，有一位扯着另一位的袖子，硬往上拉，被拉的人硬往后躲，双方势均力敌，突然间拉着袖子的手一松，被拉的那只胳臂猛然向后一缩，胳臂肘尖正撞在后面站着的一位驼背朋友的两只特别凸出的大门牙上，咔嚓一声，双牙落地！我每忆起这个乐极生悲的故事，为明哲保身起见，在让座时我总躲得远远的。等风波过后，剩下的位置是我的，首座也可以，坐上去并不头晕，末座亦无妨，我也并不因此少吃一嘴。我不谦让。

考让座之风之所以如此地盛行，其故有二。第一，让来让去，每人总有一个位置，所以一面谦让，一面稳有把握。假如主人宣布，位置只有十二个，客人却有十四位，那便没有让座之事了。第二，所让者是个虚荣，本来无关宏旨，凡是半径都是一般长，所以坐在任何位置（假如是圆桌）都可以享受同样的利益。假如明文规定，凡坐过首席若干次者，在铨叙上特别有利，我想让座的事情也就少了。我从不曾看见，在长途公共汽车车站售票的地方，如果没有木制的长栅栏，而还能够保留一点谦让之风！因此我发现了一般人处世的一条道理，那便是：可以无须让的时候，则无妨谦让一番，于人无利，于己无损；在该让的时候，则不谦让，以免损己；在应该不让的时候，则必定谦让，于己有利，于人无损。

小时候读到孔融让梨的故事，觉得实在难能可贵，自愧弗如。一只梨的大小，虽然是微不足道，但对于一个四五岁的孩子，其重要或者并不下于一个公务员之心里盘算简、荐、委。有人猜想，孔融那几天也许肚皮不好，怕吃生冷，乐得谦让一番。我不敢这样妄加揣测。不过我们要承认，利之所在，可以使人忘形，谦让不是一件容易的事。孔融让梨的故事，发扬光大起来，确有教育价值，可惜并未发生多少实际的效果：今之孔融，并不多见。

谦让作为一种仪式，并不是坏事，像天主教会选任主教时所举行的仪式就蛮有趣。就职的主教照例地当众谦逊三回，口说"Nolo episcopari"，意即"我不要当主教"，然后照例地敦促三回终于勉为其难了。我觉得这样的仪式比宣誓就职之后再打通电声明固辞不获要好得多。谦让的仪式行久了之后，也许对于人心有潜移默化之功，使人在争权夺利奋不顾身之际，不知不觉地也举行起谦让的仪式。可惜我们人类的文明史尚短，潜移默化尚未能奏大效，露出原始人的狰狞面目的时候要比雍雍穆穆地举行谦让仪式的时候多些。我每次从公共汽车售票处杀进杀出，心里就想先王以礼治天下，实在有理。

—— 怒 ——
一个人在发怒的时候，最难看

一个人在发怒的时候，最难看。纵然他平素面似莲花，一旦怒而变青变白，甚至面色如土，再加上满脸的筋肉扭曲，眦裂发指，那副面目实在不仅是可憎而已。俗语说，"怒从心上起，恶向胆边生"，怒是心理的也是生理的一种变化。人逢不如意事，很少不勃然变色的。年少气盛，一言不合，怒气相加，但是许多年事已长的人，往往一样的火发暴躁。我有一位姻长，已到杖朝之年，并且半身瘫痪，每晨必阅报纸，戴上老花镜，打开报纸，不久就要把桌子拍得山响，吹胡瞪眼，破口大骂。报上的记载，他看不顺眼。不看不行，看了怄气。这时候大家躲他远远的，谁也不愿逢彼之怒。过一阵雨过天晴，他的怒气消了。

《诗》云："君子如怒，乱庶遄沮；君子如祉，乱庶遄已。"这是说有地位的人，赫然震怒，就可以收拨乱反正之效。一般人还是以少发脾气少惹麻烦为上。盛怒之下，体内血球不知道要伤损多少，血压不知道要升高几许，总之是不卫生。而且血气沸腾之际，理智不大清醒，言行容易逾分，于人于己都不相宜。希腊哲学家艾比克泰特说："计算一下你有多少天不曾生气。在从前，我每天生气；有时每隔一天生气一次；后来每隔三四天生气一次。如果你一连三十天没有生气，就应该向上帝献祭表示感谢。"减少生气的次数便是修养的结果。修养的方法，说起来好难。另一位同属于斯多亚派的哲学家、罗马的马可·奥勒留这样说："你因为一个人的无耻而愤怒的时候，要这样地问你自己：'那个无耻的人能不在这世界存在么？'那是不能的。不可能的事不必要求。"坏人不是不需要制裁，只是我们不必愤怒。如果非愤怒不可，也要控制那愤怒，使发而中节。佛家把"嗔"列为三毒之一，"嗔心甚于猛火"，克服嗔恚是修持的基本功夫之一。燕丹子说："血勇之人，怒而面赤；脉勇之人，怒而面青；骨勇之人，怒而面白；神勇之人，怒而色不变。"我想那神勇是从苦行修炼中得来的。生而喜怒不形于色，那天赋实在太厚了。

清朝初叶有一位李绂，著《穆堂类稿》，内有一篇《无怒轩记》，他说："吾年逾四十，无涵养性情之学，无变化气质之功，因怒得过，旋悔旋犯，惧终于忿戾而已，因以'无怒'名轩。"是一篇好文章，而其戒谨恐惧之情溢于言表，不失读书人的本色。

—— 说俭 ——
俭是美德，生活方式宜力持俭约

俭是我们中国的一项传统的美德。老子说他有三宝，其中之一就是"俭"，"俭故能广"。《易·否》："君子以俭德辟难。"《书·太甲上》："慎乃俭德，惟怀永图。"《墨子·辞过》："俭节则昌，淫佚则亡。"都是说俭才能使人有远大的前途，长久的打算，安稳的生活。古训昭然，不需辞费。读书人尤其喜欢以俭约自持，纵然显达，亦不欲稍涉骄溢，极端的例如正考父为上卿，粥以糊口，公孙弘位在三公，犹为布被，历史上都传为美谈。大概读书知礼之人，富在内心，应不以处境不同而改易其操守。佛家说法，七情六欲都要斩尽杀绝，俭更不成其为问题。所以，无论从哪一种伦理学说来看，俭都是极重要的一宗美德，所谓"俭，德之共也"就是这个意思。不过，理想自理想，事实自事实，奢靡之风亦不自今日始。一千年前的司马温公在他著名的《训俭示康》一文里，对于当时的风俗奢侈即已深致不满。"走卒类士服，农夫蹑丝履"，他认为是怪事。士大夫随俗而靡，他更认为可异。可见美德自美德，能实践的人大概不多。也许正因为风俗奢侈，所以这一项美德才有不时地标出的必要。

在西洋，情形好像是稍有不同。柏拉图的"共和国"，列举"四大美德"（Cardinal Virtues），而俭不在其内，后来罗马天主教会补列三大美德，俭亦不包括在内。当然基督教主张生活节约，这是众所熟知的。有人问Thomas à Kempis（《效法基督》的作者）："你是过来人，请问和平在什么地方？"他回答说："在贫穷、在退隐、在与上帝同在。"不过这只是为修道之士说法，其境界不是一般人所能企及的。西洋哲学的主要领域是它的形而上学部分，伦理学不是主要部分，这是和我们中国传统迥异其趣的。所以在西洋，俭的观念一向是很淡薄的。

西洋近代工业发达，人民生活水准亦因之而普遍提高。物质享受方面，以美国为最。美国是个年轻的国家，得天独厚，地大物博，人口稀少，秉承了欧洲近代文明的背景，而又特富开拓创造的精神，所以人民生活特别富饶，根本没有"饥荒心理"存在。美国人只要勤，并不要俭。有一分勤劳，即有一分收获；有一分收获，即有一分享受。美国的《独立宣言》明白道出其立国的目标之一是"追求幸福"，物质方面的享受当然是人生幸福中的一部分。"一箪食，一瓢饮"，在我们看是君子安贫乐道的表现，在美国人看是落伍的理想，至少是中古的禁欲派的行径。美国人不但要尽量享受，而且要尽量设法提前享受，分期付款制度的畅行，几乎使得人人经常地负上债务。

奢与俭本无明确界限，在某一时某一地并无亏于俭德之事，在另一时另一地即可构成奢侈行为。我们中国地大而物不博，人多而生产少，生活方式仍宜力持俭约。像美国人那样的生活方式，固可羡慕，但是不可立即模仿。英国讽刺文学家Swift说："砍掉双足，可以省去买鞋的麻烦。"我们盱衡国情，宁愿"削足适履"。现在国难方殷，我们处在戒严地区，上上下下更应该重视传统的俭德了。

—— 廉 ——
穷不苟求、志行高洁的廉士最是难能可贵

贪污的事，古今中外滔滔皆是，不谈也罢。孟子所说穷不苟求的"廉士"才是难能可贵，谈起来令人齿颊留芬。东汉杨震，暮夜有人馈送十斤黄金，送金的人说："暮夜无人知。"杨震说："天知、神知、我知、子知，何谓无知？"这句话万古流传，直到晚近许多姓杨的人家常榜门楣曰"四知堂杨"。清介廉洁的"关西夫子"使得他家族后代脸上有光。

汉末有一位郁林太守陆绩（唐陆龟蒙的远祖）罢官之后泛海归姑苏家乡，两袖清风，别无长物，唯一空舟，恐有覆舟之虞，乃载一巨石镇之。到了家乡，将巨石弃置城门外，日久埋没土中。直到明朝弘治年间，当地有司曳之出土，建亭覆之，题其楣曰"廉石"。一个人居官清廉，一块顽石也得到了美誉。

"银子是白的，眼珠是黑的"，见钱而不眼开，谈何容易。一时心里把握不定，手痒难熬，就有堕入贪墨的泥沼之可能，这时节最好有人能

拉他一把。最能使人顽廉懦立的莫过于贤妻良母。《列女传》：田稷子相齐，受下吏货金百镒，献给母亲。母亲说："子为相三年，禄未尝多若此也……安所得此？"他只好承认是得之于下。母亲告诫他说："士修身洁行，不为苟得……非义之事不计于心，非理之利不入于家……不义之财非吾有也，不孝之子非吾子也。"这一番义正词严的训话把田稷子说得惭悚不已，急忙把金送还原主。按照我们现下的法律，如果是贿金，收受之后纵然送还，仍有受贿之嫌，纵然没有期约的情事，仍属有玷官箴。这种篦篥不修之事，当年是否构成罪状，固不得而知，从廉白之士看来总是秽行。我们注意的是田稷子的母亲真是识达大义，足以风世。为相三年，薪俸是有限的，焉有多金可以奉母？百镒不是小数，一镒就是二十四两，百镒就是二千四百两，一个人搬都搬不动，而田稷子的母亲不为所动。家有贤妻，则士能安贫守正，更是例不胜举，可怜的是那些室无莱妇的人，在外界的诱惑与阃内的要求两路夹击之下，就很容易失足了。

取不伤廉这句话易滋误解，一芥不取才是最高理想。晋陶侃"少为寻阳县吏，尝监鱼梁，以一坩鲊遗母，湛氏封鲊，反书责侃曰：'尔为吏，以官物遗我，非惟不能益吾，乃以增吾忧矣。'"（《晋书·陶侃母湛氏传》）掌管鱼梁的小吏，因职务上的方便，把腌鱼装了一小瓦罐送给母亲吃，可以说是孝养之意，但是湛氏不受，送还给他，附带着还训了他一顿。别看一罐腌鱼是小事，因小可以见大。

谢承《后汉书》："巴祗为扬州刺史，与客暗饮，不燃官烛。"私人宴客，不用公家的膏火，宁可暗饮，其饮宴之财，当然不会由公家报销了。因此我想起一件事：好久好久以前，丧乱中值某夫人于途，寒暄之余愀然告曰："恕我们现在不能邀饮，因为中外合作的机关凡有应酬均需自掏腰包。"我闻之悚然。

还有一段有关官烛的故事。宋周紫芝《竹坡诗话》："李京兆诸父中有一人……极廉介……一日有家问，即令灭官烛，取私烛阅书，阅毕，命秉官烛如初。"公私分明到了这个地步，好像有一些迂阔。但是，"彼岂乐于迂阔者哉！"

不要以为志行高洁的人都是属于古代，今之古人有时亦可复见。我有一位同学供职某部，兼理该部刊物编辑，有关编务必须使用的信纸、信封及邮票，等等，放在一处，私人使用之信函邮票另置一处，公私绝对分开，虽邮票信笺之微，亦不含混，其立身行事砥砺廉隅有如是者！尝对我说，每获友人来书，率皆使公家信纸信封，心窃耻之，故虽细行不敢不勉。

吾闻之肃然起敬。

── 懒 ──
一个人忽忽不知，懒而不觉，何异草木

人没有不懒的。

大清早，尤其是在寒冬，被窝暖暖的，要想打个挺就起床，真不容易。荒鸡叫，由他叫。闹钟响，何妨按一下钮，在床上再赖上几分钟。白香山大概就是一个惯睡懒觉的人，他不讳言"日高睡足犹慵起，小阁重衾不怕寒"。他不仅懒，还馋，大言不惭地说："慵馋还自哂，快乐亦谁知？"白香山活了七十五岁，可是写了二千七百九十首诗，早晨睡睡懒觉，我们还有什么说的？

懒字从女，当初造字的人，好像是对于女性存有偏见。其实勤与懒与性别无关。历史人物中，疏懒成性者嵇康要算是一位。他自称："不涉经学，性复疏懒，筋驽肉缓，头面常一月十五日不洗，不大闷痒，不能沐也。每常小便，而忍不起，令胞中略转，乃起耳。"同时，他也是"卧喜晚起"之徒，而且"性复多虱，把搔无已"。他可以长期地不洗头、不洗

脸、不洗澡,以至于浑身生虱!和扪虱而谈的王猛都是一时名士。白居易"经年不沐浴,尘垢满肌肤",还不是由于懒?苏东坡好像也够邋遢的,他有"老来百事懒,身垢犹念浴"之句,懒到身上蒙垢的时候才作沐浴之想。女人似不至此,尚无因懒而昌言无隐引以自傲的。主持中馈的一向是女人,缝衣捣砧的也一向是女人。"早起三光,晚起三慌"是从前流行的女性自励语,所谓三光、三慌是指头上、脸上、脚上。从前的女人,夙兴夜寐,没有不患睡眠不足的,上上下下都要伺候周到,还要揪着公鸡的尾巴就起来,来照顾她自己的"妇容"。头要梳,脸要洗,脚要裹。所以朝晖未上就花朵盛开的牵牛花,别称为"勤娘子",懒婆娘没有欣赏的份,大概她只能观赏昙花。时到如今,情形当然不同,我们放眼观察,所谓前进的新女性,哪一个不是生龙活虎一般,主内兼主外,集家事与职业于一身?世上如果真有所谓懒婆娘,我想其数目不会多于好吃懒做的男子汉。北平从前有一个流行的儿歌:"头不梳,脸不洗,拿起尿盆儿就舀米"是夸张的讽刺。懒字从女,有一点冤枉。

凡是自安于懒的人,大抵有他或她的一套想法。可以推给别人做的事,何必自己做?可以拖到明天做的事,何必今天做?一推一拖,懒之能事尽矣。自以为偶然偷懒,无伤大雅。而且世事多变,往往变则通,在推拖之际,情势起了变化,可能一些棘手的问题会自然解决。"不需计较苦劳心,万事元来有命!"好像有时候馅饼是会从天上掉下来似的。这种打算只有一失，因为人生无常，如石火风灯，今天之后有明天，明天之后还有明天，可是谁也不知道自己还有没有明天。即使命不该绝，明天还有明天的事，事越积越多，越多越懒得去做。"虱多不痒，债多不愁"，那是自我解嘲！懒人做事，拖拖拉拉，到头来没有不丢三落四狼狈慌张的。你懒，别人也懒，一推再推，推来推去，其结果只有误事。

懒不是不可医，但须下手早，而且须从小处着手。这事需劳做父母的帮一把手。有一家三个孩子都贪睡懒觉，遇到假日还理直气壮地大睡，到时候母亲拿起晒衣服用的竹竿在三张小床上横扫，三个小把戏像鲤鱼打挺似的翻身而起。此后他们养成了早起的习惯，一直到大。父亲房里有份报纸，欢迎阅览，但是他有一个怪毛病，任谁看完报纸之后，必须折好叠好放还原处，否则他就大吼大叫。于是三个小把戏触类旁通，不但看完报纸立即还原，对于其他家中日用品也不敢随手乱放，小处不懒，大事也就容易勤快。

我自己是一个相当的懒的人，常走抵抗最小的路，虚掷不少光阴。"架上非无书，眼慵不能看"（白香山句）。等到知道用功的时候，徒惊岁晚而已。英国十八世纪的绥夫特，偕仆远行，路途泥泞，翌晨呼仆擦洗他的皮靴，仆有难色，他说："今天擦洗干净，明天还是要泥污。"绥夫特说："好，你今天不要吃早餐了。今天吃了，明天还是要吃。"唐朝的高僧百丈禅师，以"一日不作，一日不食"自励，每天都要劳动做农事，至老不休，有一天他的弟子们看不过，故意把他的农具藏了起来，使他无法工作，他于是真个的饿了自己一天没有进食，得道的方外的人都知道刻苦自律，清代画家石溪和尚在他一幅《溪山无尽图》上题了这样一段话，特别令人警惕：

大凡天地生人，宜清勤自持，不可懒惰。若当得个懒字，便是懒汉，终无用处。……残衲住牛首山房，朝夕焚诵，稍余一刻，必登山选胜，一有所得，随笔作山水数幅或字一段，总之不放闲过。所谓静生动，动必做出一番事业。端教一个人立于天地间无愧。若忽忽不知，懒而不觉，何异草木？

一株小小的含羞草，尚且不是完全的"忽忽不知，懒而不觉"！若是人而不如小草，羞！羞！羞！

―― 勤 ――
凡是勤奋不怠者必定有所成就

勤,劳也。无论劳心劳力,竭尽所能黾勉从事,就叫作勤。各行各业,凡是勤奋不怠者必定有所成就,出人头地。即使是出家和尚,息迹岩穴,徜徉于山水之间,勘破红尘,与世无争,他们也自有一番精进的功夫要做,于读经礼拜之外还要勤行善法不自放逸。且举两个实例:

一个是唐朝开元间的百丈怀海禅师,亲近马祖时得传心印,精勤不休。他制定了"百丈清规",他自己笃实奉行,"一日不作,一日不食"。一面修行,一面劳作。"出坡"的时候,他躬先领导以为表率。他到了暮年仍然照常操作,弟子们于心不忍,偷偷地把他的农作工具藏匿起来。禅师找不到工具,那一天没有工作,但是那一天他也就真个的没有吃东西。他的刻苦的精神感动了不少的人。

另一个是清初的以山水画著名的石溪和尚。请看他自题《溪山无尽图》:"大凡天地生人,宜清勤自持,不可懒惰。若当得个'懒'字,便是懒汉,终无用处。……残衲住牛首山房,朝夕焚诵,稍余一刻,必登山选胜,一有所得,随笔作山水数幅或字一段,总之不放闲过。所谓静生动,动必做出一番事业。端教一个人立于天地间无愧。若忽忽不知,懒而不觉,何异草木?"人而不勤,无异草木,这句话沉痛极了。过饱食终日无所用心的生活,英文叫作vegetate,意为过植物的生活。中外的想法不谋而合。

勤的反面是懒。早晨躺在床上睡懒觉,起得床来仍是懒洋洋的不事整洁,能拖到明天做的事今天不做,能推给别人做的事自己不做,不懂的事情不想懂,不会做的事不想学,无意把事情做得更好,无意把成果扩展得更多,耽好逸乐,四体不勤,念念不忘的是如何过周末如何度假期。这是一个标准懒汉的写照。

恶劳好逸,人之常情。就因为这就是人之常情,人才需要鞭策自己。勤能补拙,勤能损欲,这还是消极的说法,勤的积极意义是要人进德修业,不但不同于草木,也有异于禽兽,成为名副其实的万物之灵。

―― 谈礼 ――
礼只是人的行为规范

礼不是一件可怕的东西，不会"吃人"。礼只是人的行为的规范。人人如果都自由行动，社会上的秩序必定要大乱。法律是维持秩序的一套方法，但是关于法律的力量不及的地方，为了使人能更像是一个人，使人的生活更像是人的生活，礼便应运而生。礼是一套法则，可能有官方制定的成分在内，亦可能有世代沿袭的成分在内，在基本精神上还是约定俗成的性质，行之既久，便成为大家公认共守的一套规则。一套礼法也不是一成不变的，事实上是随时在变，不过可能变得很慢，可能赶不上时代环境之变迁得那样快，因此至少在形式上可能有一部分变成不合时宜的东西。礼，除非是太不合理，总是比没有礼好。这道理有一点像"坏政府胜于无政府"。有些人以为礼是陈腐的有害的东西，这看法是不对的。

我们中国是礼仪之邦，一向是重礼法的。见于书本的古代的祭礼、丧礼、婚礼、士相见礼，等等，那是一套。事实上社会上流行的又是一套，现行的一套即是古礼之逐渐的个别的修正，虽然各地情形不同，大体上尚有规模存在,等到中西文化接触之后便比较有紊乱的现象了。紊乱尽管紊乱,礼还是有的,制礼定乐之事也许不是当前急务,事实上吾人之生活中未曾一日无礼的活动。问题是我们是否认真地严肃地遵循着礼。孔门哲学以"克己复礼"为做人的大道理。意即为吾人行事应处处约束自己使合于礼的规范。怎样才是非礼勿视,非礼勿言,非礼勿动,那是值得我们随时思考警惕的。

读书人应该知道礼,但是有些人偏不讲礼,即所谓名士。六朝时这种名士最多,《世说新语》载阮籍的一句话最有趣:"礼岂为我辈设也?"好像礼是专为俗人而设。又载这样的一段:

阮步兵丧母,裴令公往吊之。阮方醉,散发坐床,箕踞不哭。裴至,下席于地,哭,吊唁毕,便去。或问裴曰:"凡吊,主人哭,客乃为礼,阮既不哭,何为哭?"裴曰:"阮方外之人,故不崇礼制。我辈俗中人,故以仪轨自居。"时人叹为两得其中。

没有阮籍之才的人,还是以仪轨自居为宜。像阮步兵之流,我们可以欣赏,不可以模仿。

中西礼节不同。大部分在基本原则上并无二致,小部分因各有传统亦不必强同。以中国人而用西方的礼,有时候觉得颇不合适,如必欲行西方之礼则应知其全部底蕴，不可徒效其皮毛，而乱加使用。例如，握手乃西方之礼，但后生小子在长辈面前不可首先遽然伸手，因为长幼尊卑之序终不可废，中西一理。再例如，祭祖先是我们家庭传统所不可或缺的礼，其间绝无迷信或偶像崇拜之可言，只是表示"慎终追远"的意思，亦合于我国所谓之孝道，虽然是西礼之所无，然义不可废。我个人觉得，凡是我国之传统，无论其具有何种意义，苟非荒谬残酷，均应不轻予废置。再例如，电话礼貌，在西方甚为重视，访客之礼，探病之礼，均有不成文之法则，吾人亦均应妥为仿行，不可忽视。

礼是形式，但形式背后有重大的意义。

—— 礼貌 ——
礼貌之为物，随时随地而异

前些年有一位朋友在宴会后引我到他家中小坐。推门而入，看见他的一位少爷正躺在沙发椅上看杂志。他的姿式不大寻常，头朝下，两腿高举在沙发靠背上面，倒竖蜻蜓。他不怕这种姿式可能使他吃饱了饭呕出来。这是他的自由，我的朋友喊了他一声："约翰！"他好像没听见，也许是太专心于看杂志了。我的朋友又说："约翰！起来喊梁伯伯！"他听见了，但是没有什么反应，继续看他的杂志，只是翻了一下白眼，我的朋友有一点窘，就好像耍猴子的敲一声锣教猴子翻筋斗而猴子不肯动，当下喃喃地自言自语："这孩子，没礼貌！"我心里想：他没有跳起来一拳把我打出门外，已经是相当的有礼貌了。

礼貌之为物，随时随地而异。我小时在北平，常在街上看见戴眼镜的人（那时候的眼镜都是两个大大的滴溜圆的镜片，配上银质的框子和腿）。他一遇到迎面而来的熟人，老远的就刷地一下把眼镜取下，握在手里，然后向前紧走两步，两人同时口中念念有词互相蹲一条腿请安。我至今不明白为什么二人相见要先摘下眼镜。戴着眼镜有什么失敬之处？如今戴眼镜的人太多了，有些人从小就成了四眼田鸡，摘不胜摘，也就没人见人摘眼镜了。可见礼貌随时而异。

人在屋里不可以峨大冠，中外皆然，但是在西方则女人有特权，屋里可以不摘帽子。尤其是从前的西方妇女，她们的帽子特大，常常像是头上顶着一个大鸟窝，或是一个大铁锅，或是一个大花篮，奇形怪状，不可方物。这种帽子也许戴上摘下都很费事，而且摘下来也难觅放置之处，所以妇女可以在室内不摘帽子。多半个世纪之前，有一次在美国，我偕友进入电影院，落座之后，发现我们前排座位上有两位戴大花冠的妇人，正好遮住我们的视线。我想从两顶帽子之间的空隙窥看银幕亦不可得，因为那两顶大帽子不时地左右移动。我忍耐不住，用我们的国语低声对我的友伴说："这两个老太婆太可恶了，大帽子使得我无法看电影。"话犹未了，一位老太婆转过头来，用相当纯正的中国话对我说："你们二位是刚从中国来的吗？"言罢把帽除去。我窘不可言。她戴帽子不失礼，我用中国话背后斥责她，倒是我没有礼貌了。可见礼貌也是随地而异。

西方人的家是他的堡垒，不容闲杂人等随便闯入，朋友访问时，而且照例事前通知。我们在这一方面的礼貌好像要差一些。我们的中上阶级人家，深宅大院，邻近的人不会随便造访。中下的小户人家，两家可以共用一垛墙，跨出门不需要几步就到了邻舍，就容易有所谓串门子闲聊天的习惯。任何人吃饱饭没事做，都可以踱到别人家里闲嗑牙，也不管别人是否有工夫陪你瞎嚼蛆。有时候去的真不是时候，令人窘，例如在人家睡的时候，或吃饭的时候，或工作的时候，实在诸多不便，然而一般人认为这不算是失礼。一聊没个完，主人打哈欠，看手表，客人无动于衷，宾至如归。这种串门子的陋习，如今少了，但未绝迹。

探病是礼貌，也是艺术。空手去也可以，带点东西来无妨。要看彼此的关系和身份加以斟酌。有的人病房里花篮堆积如山，像是店铺开张，也有病人收到的食物冰箱里装不下。探病不一定要面带戚容，因为探病不同于吊丧，但是也不宜高谈阔论有说有笑，因为病房里究竟还是有一个病人。别停留过久，因为有病的人受不了，没病的人也受不了。除非特别亲近的人，我想寄一张探病的专用卡片不失为彼此两便之策。

吊丧是最不愉快的事，能免则免。与死者确有深交，则不免拊棺一恸。人琴俱亡，不执孝子手而退，抚尸陨涕，滚地作驴鸣而为宾客笑都不算失礼。吊死者曰吊，吊生者曰唁。对生者如何致唁语，实在难于措辞。我曾见一位孝子陪灵，并不匍伏地上，而是跷起二郎腿坐在椅子上，嘴里叼着纸烟，悠然自得。这是他的自由，然而不能使吊者大悦。西俗，吊客照例绕棺瞻仰遗容。我不知道遗容有什么好瞻仰的，倒是我们的习惯把死者的照片放大，高悬灵桌之上，供人吊祭，比较合理。或多或少患有"恐尸症"的人，看了面如黄蜡白蜡的一张面孔，会心里难过好几天，何苦来哉？在殡仪馆的院子里，通常麋集着很多的吊客，不像是吊客，像是一群人在赶集，热闹得很。

关于婚礼，我已谈过不止一次，不再赘。

饮宴之礼，无论中西都有一套繁文缛节。我们现行的礼节之最令人厌烦的莫过于敬酒。主人敬酒是题中应有之义，三巡也就够了。客人回敬主人，也不可少。唯独客人与客人之间经常不断地举杯，此起彼落，也不管彼此是否相识，也一一地皮笑肉不笑地互相敬酒。有些人根本不喝酒，举起茶杯、汽水杯充数。有时候正在低头吃东西，对面有人向你敬酒，你若没有觉察，对方难堪，你若随时敷衍，不胜其扰。这种敬酒的习惯，不中不西，没有意义，应该简化。还有一项陋习就是劝酒，说好说歹，硬要对方干杯，创出"先干为敬"的谬说，要挟威吓，最后是捏着鼻子灌酒，甚至演出全武行，礼貌云乎哉？

―― 让 ――
小的地方肯让，大的地方才会与人无争

初到西方旅游的人，在市区中比较交通不繁的十字路口，看到并无红绿灯指挥车辆，路边常竖起一个牌示，大书"Yield"一个字，其义为"让"，觉得奇怪。等到他看见往来车辆的驾驶人，一见这个牌示，好像是面对纶缚一般，真个的把车停了下来，左顾右盼，直到可以通行无阻的时候才把车直驶过去。有时候路上根本并无车辆横过，但是驾驶人仍然照常停车。有时候有行人穿越，不分老少妇孺，他也一律停车，乖乖地先让行人通过。有时候路口不是十字，而是五六条路的交叉路口，则高悬一盏闪光警灯，各路车辆到此一律停车，先到的先走，后到的后走。这种情形相当普遍，他更觉得奇怪了，难道真是礼失而求诸野？

据说："让"本是我们"固有道德"的一个项目，谁都知道孔融让梨、王泰推枣的故事。《左传》老早就有这样的嘉言："让，德之主也。"（昭·十）"让，礼之主也。"（襄·十三）《魏书》卷二十记载着东夷弁辰国的风俗："其俗，行者相逢，皆住让路。"当初避秦流亡海外的人还

懂得"行者相逢皆住让路"的道理，所以史官秉笔特别标出，表示礼让乃泱泱大国的流风遗韵，远至海外，犹堪称述。我们抛掷一根肉骨头于群犬之间，我们可以料想到将要发生什么情况。人为万物之灵，当不至于狼奔豕窜地攘臂争先地夺取一根骨头。但是人之异于禽兽者几稀，从日常生活中，我们可以窥察到懂得克己复礼的道理的人毕竟不太多。

在上下班交通繁忙的时刻，不妨到十字路口伫立片刻，你会看到形形色色的车辆，有若风驰电掣，目不暇给。从前形容交通频繁为车水马龙，如今马不易见，车亦不似流水，直似迅瀨哮吼，惊波飞薄。尤其是一溜臭烟噼噼啪啪呼啸而过的成群机车，左旋右转，见缝就钻，比电视广告上的什么狼什么豹的还要声势浩大。如果车辆遇上红灯摆长队，就有性急的骑机车的拼命三郎鱼贯窜上红砖道，舍正路而弗由，抄捷径以赶路，红砖道上的行人吓得心惊胆战。十字路口附近不是没有交通警察，他偶尔也在红砖道上踱蹀，机车骑士也偶尔被拦截，但是刚刚拦住一个，十个八个又嗖地飞驰过去了。不要以为那些骑士都是汲汲的要赶赴死亡约会，他们只是想省时间，所以不肯排队，红砖道空着可惜，所以权为假道之计。骑车的人也许是贪睡懒觉，争着要去打卡，也许有什么性命交关的事耽误不得，行人只好让路。行人最懂得让，让车横冲直撞，不敢怒更不敢言，车不让人人让车，我们的路上行人维持了我们传统的礼让。什么时候才能人不让车车让人，只好留待高谈中西文化的先生们去研究了。

大厦七层以上，即有电梯。按常理，电梯停住应该让要出来的人先出来，然后要进去的人再进去，和公共汽车的上下一样。但是我经常看见一些野性未驯的孩子、长头发的恶少，以及绅士型的男士和时装少妇，一见电梯门启，便疯狂地往里挤，把里面要出来的人憋得唧唧叫。公共场所如电影院的电梯门前总是拥挤着一大群万物之灵，谁也不肯遵守先来后到的顺序而退让一步。

有人说，我们地窄人稠，所以处处显得乱哄哄。例如任何一个邮政支局，柜台里面是桌子挤桌子，柜台外面是人挤人，尤其是邮储部门人潮汹涌，没有地方从容排队，只好由存款簿图章在柜台上排队。可见大家还是知道礼让的。只是人口密度太高，无法保持秩序。其实不然，无论地方多么小，总可以安排下一个单行纵队，队可以无限伸长，伸到街上去，可以转弯，可以队首不见队尾，循序向前挪移，岂不甚好？何必存款簿图章排队而大家又在柜台前挤作一团？说穿了还是争先恐后，不肯让。

小的地方肯让，大的地方才会与人无争。争先是本能，一切动物皆不能免；让是美德，是文明进化培养出来的习惯。孔子曰："当仁不让于师。"只有当仁的时候才可以不让，此外则一定当以谦让为宜。

—— 太随便了 ——
天下事有可"随便"者，即有不可"随便"者

吾人衣装服饰，本可绝对自由，谁也用不着管谁。但是我们至少总应希望，一个人穿上衣服戴了装饰品之后，远远望过去仍然还是像人。然而这个希望，时常只是个希望。

若说妖装异服，必是生于怎样恶劣的心理，我倒也不信。大半还是由于"随便"。而天下事有可"随便"者，即有不可"随便"者。太随便了，往往足以令人产生一种很不好说出来的感想。譬如说：压头发的网子，戴与不戴均无关宏旨，但是要戴起来在马路上行走，并且居然上头等电车，而并且竟能面无愧色，我便自叹弗如远甚了。再譬如说：袜子上系条吊带，也是人情之常，但是要把吊带系在裤脚管外面，并且在天未甚黑的时候走到有人迹的地方，我便又自叹弗如远甚了。

最爱随便的人，我劝他穿洋装。绅士的洋装、流氓式的洋装、运动时的洋装、宴会时的洋装、打"高尔夫"时的洋装……在我们中国人看来是

没有大分别的，只要是洋人穿过的那种衣服就叫洋装，而加在我的身上当然仍是洋装。即便穿的稍微差池一点，譬如在做绅士的时候误穿了一身流氓洋装，或在宴会时忘记换掉短裤，我们都不能挑剔，因为他虽然外面穿着洋装，骨子里似乎还是中国人，既是中国人，则无妨随便一点矣！

―― 养成好习惯 ――
充满良好习惯的生活，才是合于"自然"的生活

人的天性大致是差不多的，但是在习惯方面却各有不同，习惯是慢慢养成的，在幼小的时候最容易养成，一旦养成之后，要想改变过来却还不很容易。

例如说：清晨早起是一个好习惯，这也要从小时候养成，很多人从小就贪睡懒觉，一遇假日便要睡到日上三竿还高卧不起，平时也是不肯早起，往往蓬首垢面的就往学校跑，结果还是迟到，这样的人长大了之后也常是不知振作，多半不能有什么成就。祖逖闻鸡起舞，那才是志士奋励的榜样。

我们中国人最重礼，因为礼是行为的轨范。礼要从家庭里做起。姑举一例：为子弟者"出必告，反必面"，这一点点对长辈的起码的礼，我们是否已经每日做到了呢？我看见有些个孩子早晨起来对父母视若无睹，晚上回到家来如入无人之境，遇到长辈常常横眉冷目，不屑搭讪。

这样的跋扈乖戾之气如果不早早的纠正过来，将来长大到社会服务，必将处处引起摩擦不受欢迎。我们不仅对长辈要恭敬有礼，对任何人都应维持相当的礼貌。

大声讲话，扰及他人的宁静，是一种不好的习惯。我们试自检讨一番，在别人读书工作的时候是否有过喧哗的行为？我们要随时随地为别人着想，维持公共的秩序，顾虑他人的利益，不可放纵自己，在公共场所人多的地方，要知道依次排队，不可争先恐后的去乱挤。

时间即是生命。我们的生命是一分一秒的在消耗着，我们平常不大觉得，细想起来实在值得警惕。我们每天有许多的零碎时间于不知不觉中浪费掉了。我们若能养成一种利用闲暇的习惯，一遇空闲，无论其为多么短暂，都利用之做一点有益身心之事，则积少成多终必有成。常听人讲"消遣"二字，最是要不得，好像是时间太多无法打发的样子，其实人生短促极了，哪里会有多余的时间待人"消遣"？陆放翁有句云："待饭未来还读书。"我知道有人就经常利用这"待饭未来"的时间读了不少的大书。古人所谓"三上之功"，枕上、马上、厕上，虽不足为训，其用意是在劝人不要浪费光阴。

吃苦耐劳是我们这个民族的标帜。古圣先贤总是教训我们要能过得俭朴的生活，所谓"一箪食，一瓢饮"，就是形容生活状态之极端的刻苦，所谓"嚼得菜根"，就是表示一个有志的人之能耐得清寒。恶衣恶食，不足为耻，丰衣足食，不足为荣，这在个人之修养上是应有的认识，罗马帝国盛时的一位皇帝，Marcus Aurelius，他从小就摒绝一切享受，从来不参观那当时风靡全国的赛车比武之类的娱乐，终其身成为一位严肃的苦修派的哲学家，而且也建立了不朽的事功。这是很值得钦佩的，我们中国是一个穷的国家，所以我们更应该体念艰难，弃绝一切奢侈，尤其是从外国来的奢侈。宜从小就养成俭朴的习惯，更要知道物力维艰，竹头木屑，皆宜爱惜。

以上数端不过是偶然拈来，好的习惯千头万绪，"勿以善小而不为"。习惯养成之后，便毫无勉强，临事心平气和，顺理成章。充满良好习惯的生活，才是合于"自然"的生活。

第三部分

世相百态,看透人世冷暖酸辛

―― 第六伦 ――
主仆这一伦，比五伦更难敦睦

君臣、父子、夫妇、兄弟、朋友，是为五伦，如果要添上一个六伦，便应该是主仆。主仆的关系是每个人都不得逃脱的。高贵如一国的元首，他还是人民的公仆，低贱如贩夫走卒，他回到家里，颐指气使，至少他的妻子、媳妇是不免要做奴下奴的。不过我现在所要谈的"仆"，是以伺候私人起居为专职的那种仆。所谓"主"，是指用钱雇买人的劳力供其驱使的人而言。主仆这一伦，比前五伦更难敦睦。

在主人的眼里，仆人往往是一个"必需的罪恶"，没有他不成，有了他看着讨厌。第一，仆人不分男女，衣履难得整齐，或则蓬首垢面，或则蒜臭袭人，有些还跣足赤背，瘦骨嶙嶙，活像甘地先生，也公然升堂入室，谁看着也是不顺眼。一位唯美主义者（是王尔德还是优思曼）曾经设计过，把屋里四面墙都糊上墙纸，然后令仆人穿上与墙纸同样颜色同样花纹的衣裳，于是仆人便有了"保护色"，出入之际，不至引人注意。这是一种办法，不过尚少有人采用。有些作威作福的旅华外人，以及"二毛子"之类,往往给家里的仆人穿上制服,像番菜馆的侍者似的,东交民巷里的洋官僚,则一年四季地给看门的、赶车的戴上一顶红缨帽。这种种,无非是想要减少仆人的一些讨厌相,以适合他们自己的其实更为可厌的品位而已。

仆人,像主人一样,要吃饭,而且必然吃得更多。这在主人看来,是仆人很大的一个缺点。仆人举起一碗碰鼻尖的满碗饭往嘴里扒的时候,很少主人(尤其是主妇)看着不皱眉的,心痛。很多主人认为是怪事,同样的是人,何以一旦沦为仆役,便要努力加餐到这种程度。

主人的要求不容易完全满足,所以仆人总是懒懒的,总是不能称意,王褒的《僮约》虽是一篇游戏文字,却表示出一般人唯恐仆人少做了事,事前一桩桩地列举出来,把人吓倒。如果那个仆人件件应允,件件做到,主人还是不会满意的,因为主人有许多事是主人自己事前也想不到的。法国中古有一篇短剧,描写一个人雇用一个仆人,也是仿王褒笔意,开列了一篇详尽的工作大纲,两相情愿,立此为凭。有一天,主人落井,大声呼援,仆人慢腾腾地取出那篇工作大纲,说:"且慢,等我看看,有没有救你出井那一项目。"下文怎样,我不知道,不过可见中西一体,人同此心。主人所要求于仆人的,还有一点,就是绝对服从,不可自作主张,要像军队临阵一般地听从命令,不幸的是,仆人无论受过怎样折磨,总还有一点个性存留，他也是父母养育的，所以也受过一点发展个性的教育，因此总还有一点人性的遗留，难免顶撞主人。现在人心不古，仆人的风度之合于古法的已经不多，像北平的男仆，三河县的女仆，那样地应对得体，进退有节，大概是要像美洲红人似的需要特别辟地保护，勿令沾染外习，否则这一类型是要绝迹于人寰的了。

驾驭仆人之道，是有秘诀的，那就是，把他当作人，这样一来，凡是人所不容易做到的，我们也就不苛责于他，凡是人所容易犯的毛病，我们也加以曲宥。陶渊明介绍一个仆人给他的儿子，写信嘱咐他说："彼亦人子也，可善视之。"这真是一大发明！J.M.Bame爵士在《可敬爱的克莱顿》那一出戏里所描写的，也可使人恍然于主仆一伦的精义。主仆二人漂海遇险，在一荒岛上过活。起初主人不能忘记他是主人，但是主人的架子不能搭得太久，因为仆人是唯一能砍柴打猎的人，他是生产者，他渐渐变成了主人，他发号施令，而主人渐渐成为一助手，一个奴仆了。这变迁很自然，环境逼他们如此。后来遇救返回到"文明世界"，那仆人又局促不安起来，又自甘情愿地回到仆人的位置，那主人有所凭藉，又回到主人的位置了。这出戏告诉我们，主仆的关系，不是天生成的，离开了"文明世界"，主仆的位置可能交换。我们固不必主张反抗文明，但是我们如果让一些主人明白，他不是天生成的主人，讲到真实本领他还许比他的仆人矮一大截，这对于改善主仆一伦，也未始没有助益哩！

五世同堂，乃得力于百忍。主仆相处，虽不及五世，但也需双方相当的忍。仆人买菜赚钱，洗衣服偷肥皂，这时节主人要想，国家借款不是也有回扣吗？仆人倔犟顶撞傲慢无礼，这时节主人要想，自己的儿子不也是时常反唇相讥，自己也只好忍气吞声吗？仆人调笑谑浪，男女混杂，这时节主人要想，所谓上层社会不也有的是桃色案件吗？肯这样想便觉心平气和，便能发现每一个仆人都有他的好处。在仆人一方面，更需要忍。主人发脾气，那是因为赌输了钱，或是受了上司的气而无处发泄，或是夜里没有睡好觉，或是肠胃消化不良。

Swift在他的《婢仆须知》一文里有这样一段："这应该定为例规，凡下房或厨房里的桌椅板凳都不得有三条以上的腿。这是古老定例，在我所知道的人家里都是如此，据说有两个理由：其一，用以表示仆役都是在危脆不定的状态；其二，算是表示谦卑，仆人用的桌椅比主人用的至少要缺少一条腿。我承认这里对于厨娘有一个例外，她依照旧习惯可以有一把靠手椅备饭后的安息，然而我也少见有三条以上的腿的。仆人的椅子之发生这种传染性跛疾，据哲学家说是由于两个原因，即造成邦国的最大革命者：我是指恋爱与战争。一条凳，一把椅子，或两张桌子，在总攻击或小战的时候，每被拿来当作兵器；和平以后，椅子——倘若不是十分结实——在恋爱行为中又容易受损，因为厨娘大抵肥重，而司酒的又总是有点醉了。"

这一段讽刺的意义是十分明白的,虽然对我们国情并不甚合。我们国里仆人们坐的凳子,固然有只有三条腿的,可是在三条以上的也甚多。一把普通的椅子最多也不过四条腿,主仆之分在这上面究竟找不出多大距离,我觉得惨的是,仆人大概永远像莎士比亚《暴风雨》中的那个卡力班,又蠢笨,又狡猾,又怯懦,又大胆,又服从,又反抗,又不知足,又安天命,陷入极端的矛盾。这过错多半不在仆人方面。如果这世界上的人,半是主人半是仆,这一伦的关系之需要调整是不待言的了。

—— 送行 ——

你走，我不送你；你来，无论风雨，我要去接你

"黯然销魂者，唯别而已矣。"遥想古人送别，也是一种雅人深致。古时交通不便，一去不知多久，再见不知何年，所以南浦唱支骊歌，灞桥折条杨柳，甚至在阳关敬一杯酒，都有意味。李白的船刚要启碇，汪伦老远地在岸上踏歌而来，那幅情景真是历历如在目前。其妙处在于纯朴真挚，出之以潇洒自然。平素莫逆于心，临别难分难舍。如果平常我看着你面目可憎，你觉着我语言无味，一旦远离，那是最好不过，只恨世界太小，唯恐将来又要碰头，何必送行？

在现代人的生活里，送行是和拜寿送殡等一样地成为应酬的礼节之一。"揪着公鸡尾巴"起个大早，迷迷糊糊地赶到车站码头，挤在乱哄哄人群里面，找到你的对象，扯几句淡话，好容易耗到汽笛一叫，然后鸟兽散，吐一口轻松气，噘着大嘴回家，这叫作周到。在被送的那一方面，觉得热闹，人缘好，没白混，而且体面，有这么多人舍不得我走，斜眼看着旁边的没人送的旅客，相形之下，尤其容易起一种优越之感，不禁精神抖

撒，恨不得对每一个送行的人要握八次手，道十回谢。死人出殡，都讲究要有多少亲友执绋，表示恋恋不舍，何况活人？行色不可不壮。

悄然而行似是不大舒服，如果别的旅客在你身旁耀武扬威地与送行的话别，那会增加旅中的寂寞。这种情形，中外皆然。Max Bccrbohm写过一篇《谈送行》，他说他在车站上遇见一位以演剧为业的老朋友在送一位女客，始而喁喁情话，俄而泪湿双颊，终乃汽笛一声，勉强抑止哽咽，向女郎频频挥手，目送良久而别。原来这位演员是在做戏，他并不认识那位女郎，他是属于"送行会"的一个职员，凡是旅客孤身在外而愿有人到站相送的，都可以到"送行会"去雇人来送。这位演员出身的人当然是送行的高手，他能放进感情，表演逼真。客人纳费无多，在精神上受惠不浅。尤其是美国旅客，用金钱在国外可以购买一切，如果"送行会"真的普遍设立起来，送行的人也不虞缺乏了。

送行既是人生中所不可少的一桩事，送行的技术也便不可不注意到。如果送行只限于到车站码头报到，握手而别，那么问题就简单，但是我们中国的一切礼节都把"吃"列为最重要的一个项目。一个朋友远别，生怕他饿着走，饯行是不可少的，恨不得把若干天的营养都一次囤积在他肚里。我想任何人都有这种经验，如有远行而消息外露（多半还是自己宣扬），他有理由期望着饯行的帖子纷至沓来，短期间家里可以不必开伙。

还有些思虑更周到的人，把食物携在手上，亲自送到车上船上，好像是你在半路上会要挨饿的样子。

我永远不能忘记最悲惨的一幕送行。一个严寒的冬夜，车站上并不热闹，客人和送客的人大都在车厢里取暖，但是在长得没有止境的月台上却有黑压压的一堆送行的人，有的围着斗篷，有的戴着风帽，有的脚尖在洋灰地上敲鼓似的乱动，我走近一看全是熟人，都是来送一位太太的。车快开了，不见她的踪影，原来在这一晚她还有几处饯行的宴会。在最后的一分钟，她来了。送行的人们觉得是在接一个人，不是在送一个人，一见她来到大家都表示喜欢，所有惜别之意都来不及表现了。她手上抱着一个孩子，吓得直哭，另一只手扯着一个孩子，连跑带拖，她的头发蓬松着，嘴里喷着热气像是冬天载重的骡子，她顾不得和送行的人周旋，三步两步的就跳上了车。这时候车已在蠕动。送行的人大部分都手里提着一点东西，无法交付，可巧我站在离车门最近的地方，大家把礼物都交给了我，"请您偏劳给送上去罢！"我好像是一个圣诞老人，抱着一大堆礼物，一个箭步蹿上了车，我来不及致辞，把东西往她身上一扔，回头就走，从车上跳下来的时候，打了几个转才立定脚跟。事后我接到她一封信，她说：

那些送行的都是谁？你丢给我那一堆东西，到底是谁送的？我在车上整理了好半天，才把那堆东西聚拢起来打成一个大包袱。朋友们的盛情算是给我添了一件行李。我愿意知道哪一件东西是哪一位送的,你既是代表送上车的,你当然知道,盼速见告。

计开

水果三筐,泰康罐头四个,果露两瓶,蜜饯四盒,饼干四罐,豆腐乳四罐,蛋糕四盒,西点八盒,纸烟八听,信纸信封一匣,丝袜两双,香水一瓶,烟灰碟一套,小钟一具,衣料两块,酱菜四篓,绣花拖鞋一双,大面包四个,咖啡一听,小宝剑两把……

这问题我无法答复,至今是个悬案。

我不愿送人,亦不愿人送我,对于自己真正舍不得离开的人,离别的那一刹那像是开刀,凡是开刀的场合照例是应该先用麻醉剂,使病人在迷蒙中度过那场痛苦,所以离别的苦痛最好避免。一个朋友说:"你走,我不送你,你来,无论多大风多大雨,我要去接你。"我最赏识那种心情。

---- "旁若无人" ----
还有别人,最好将自己的刺毛收敛一下

在电影院里,我们大概都常遇到一种不愉快的经验。在你聚精会神地静坐着看电影的时候,会忽然觉得身下坐着的椅子颤动起来,动得很匀,不至于把你从座位里掀出去,动得很促,不至于把你颠摇入睡,颤动之快慢急徐,恰好令你觉得他讨厌。大概是轻微地震罢?左右探察震源,忽然又不颤动了。在你刚收起心来继续看电影的时候,颤动又来了。如果下决心寻找震源,不久就可以发现,毛病大概是出在附近的一位先生的大腿上。他的足尖踏在前排椅撑上,绷足了劲,利用腿筋的弹性,很优游地在那里发抖。如果这拘挛性的动作是由于羊癫风一类的病症的爆发,我们要原谅他,但是不像,他嘴里并不吐白沫。看样子也不像是神经衰弱,他的动作是能收能发的,时作时歇,指挥如意。若说他是有意使前后左右两排座客不得安生,却也不然。全是陌生人无仇无恨,我们站在被害人的立场上看,这种变态行为只有一种解释,那便是他的意志过于集中,忘记旁边还有别人,换言之,便是"旁若无人"的态度。

"旁若无人"的精神表现在日常行为上者不只一端。例如欠伸，原是常事，"气乏则欠，体倦则伸。"但是在稠人广众之中，张开血盆巨口，作吃人状，把口里的獠牙显露出来，再加上伸胳臂伸腿如演太极，那样子就不免吓人。有人打哈欠还带音乐的，其声呜呜然，如吹号角，如鸣警报，如猿啼，如鹤唳，音容并茂，《礼记》："侍坐于君子，君子欠伸，撰杖屦，视日蚤莫，侍坐者请出矣。"是欠伸合于古礼，但亦以"君子"为限，平民岂可援引，对人伸胳臂张嘴，纵不吓人，至少令人觉得你是在逐客，或是表示你自己不能管制你自己的肢体。

邻居有叟，平常不大回家，每次归来必令我闻知。清晨有三声喷嚏，不只是清脆，而且洪亮，中气充沛，根据那声音之响我揣测必有异物入鼻，或是有人插入纸捻，那声音撞击在脸盆之上有金石声！随后是大排场的漱口，真是排山倒海，犹如骨鲠在喉，又似苍蝇下咽。再随后是三餐的饱嗝，一串串的嗝声，像是下水道不甚畅通的样子。可惜隔着墙没能看见他剔牙，否则那一份刮垢磨光的钻探工程，场面也不会太小。

这一切"旁若无人"的表演究竟是偶然突发事件，经常令人困恼的乃是高声谈话。在喊救命的时候，声音当然不嫌其大，除非是脖子被人踩在脚底下，但是普通的谈话似乎可以令人听见为度，而无须一定要力竭声嘶地去振聋发聩。生理学告诉我们，发音的器官是很复杂的，说话一分钟要有九百个动作，有一百块筋肉在弛张，但是大多数人似乎还嫌不足，恨不得嘴上再长一个扩音器。有个外国人疑心我们国人的耳鼓生得异样，那层膜许是特别厚，非扯着脖子喊不能听见，所以说话总是像打架。这批评有多少真理，我不知道。不过我们国人会嚷的本领，是谁也不能否认的。电影场里电灯初灭的时候，总有几声"嗳哟，小三儿，你在哪儿啦"。在戏院里，演员像是演哑剧，大锣大鼓之声依稀可闻，主要的声音是观众鼎沸，令人感觉好像是置身蛙塘。在旅馆里，好像前后左右都是庙会，不到夜深休想安眠，安眠之后难免没有橡皮底的大皮靴毫无惭愧地在你门前踱来踱去。天未大亮，又有各种市声前来侵扰。一个人大声说话，是本能；小声说话，是文明。以动物而论，狮吼、狼嗥、虎啸、驴鸣、犬吠，即是小如促织蚯蚓，声音都不算小，都不会像人似的有时候也会低声说话。大概文明程度愈高，说话愈不以声大见长。群居的习惯愈久，愈不容易存留"旁若无人"的幻觉。我们以农立国，乡间地旷人稀，畎亩阡陌之间，低声说一句"早安"是不济事的，必得扯长了脖子喊一声"你吃过饭啦？"可怪的是，在人烟稠密的所在，人的喉咙还是不能缩小。更可异的是，纸驴嗓、破锣嗓、喇叭嗓、公鸡嗓，并不被一般地认为是缺陷，而且麻衣相法还公然地说，声音洪亮者主贵！

叔本华有一段寓言：

一群豪猪在一个寒冷的冬天挤在一起取暖，但是他们的刺毛开始互相击刺，于是不得不分散开。可是寒冷又把他们驱在一起，于是同样的事故又发生了。最后，经过几番的聚散，他们发现最好是彼此保持相当的距离。同样的，群居的需要使得人形的豪猪聚在一起，只是他们本性中的带刺的令人不快的刺毛使得彼此厌恶。他们最后发现的使彼此可以相安的那个距离，便是那一套礼貌；凡违犯礼貌者便要受严词警告——用英语来说——请保持相当距离。用这方法，彼此取暖的需要只是相当地满足了，可是彼此可以不至互刺。自己有些暖气的人情愿走得远远的，既不刺人，又可不受人刺。

逃避不是办法。我们只是希望人形的豪猪时常地提醒自己：这世界上除了自己还有别人，人形的豪猪既不只我一个，最好是把自己的大大小小的刺毛收敛一下，不必像孔雀开屏似的把自己的刺毛都尽量地伸张。

―― 幸灾乐祸 ――
不一定是品性缺点，而是人性某方面的通性

有人问"幸灾乐祸"一语，如何英译。英语中好像没有现成的字词可用，只好累赘一些译其大意。德文里有一个字，schaden-freud，似尚妥切，schaden，是灾祸，freud是乐，看到别人的灾祸而引以为乐。

"幸灾乐祸"一语出自《左传·僖公十四年》："背施无亲，幸灾不仁。"及庄公二十："歌舞不倦，是乐祸也。"原说的是国与国之间的关系，现在人与人之间也常使用这个成语，表示同情心之缺乏，甚至冷酷自私的态度。

其实，幸灾乐祸不一定是某个人品行上的缺点，实在是人性某方面的通性之一。人在内心上很少不幸灾乐祸的。有人明白地表示了出来，有人把它藏在心里，秘而不宣，有人很快地消除这种心理，进而表示出悲天悯人慷慨大方的态度。

最近报上有这样一段新闻：

……违建户大火，烈焰映红了半边天，也映出了两种截然不同的心态。

在火场邻近的屋顶上，挤满了人。左边的消防人员手拿送水带，卖力地想要将火尽速扑灭。一名队员还从屋顶上摔下来，幸而只受轻伤。

右边的一群人却"隔岸观火"，有几个还悠闲地蹲坐下来。别人的灾难竟被他们当成热闹好戏。

旁边附刊了照片，可惜模糊了一点，没有显示出那几位"悠闲地蹲坐下来"的先生们的面目。助桀为虐，照例有人看热闹，除非那一火起自或烧到你自己的家宅，那时候那一场热闹就只好留给别人看。不过我有一点疑问：假使离府上相当远的地方发生火警，不论是违章建筑还是高楼大厦，浓烟直冒，火舌四伸，消防队的救火车纷纷到来施救，居民忙着抢搬家私，现场一片混乱，这时节，你怎么办？当然你不会去趁火打劫。你也不会若无其事地闭门家中坐。你是否要提着一铅铁桶水前去帮着施救呢？你不会这样做，人家也不准你这样做，这样做只有越帮越忙，而且无济于事。遇到此等事，只好交给消防队去处理，闲杂人等请站开。站开了看是可以，爬到屋顶上看也可以，如果你不怕摔下来。千万不可站累了蹲下来坐着看，因为蹲坐表示"悠闲"，人家有灾难，你怎么可以悠闲看热闹？

悠闲地看热闹便至少有隔岸观火之嫌。如果你心里想"这火势怎么这样小",或"这场火怎么这样就扑灭了",那你就是十足的幸灾乐祸了。

我看过几场大火。第一次是在民元,北京兵变火烧东安市场。市场离我家不远,隔一条大街,火势映红了半边天,那时候我还小,童子何知,躬逢巨劫。我当时只觉得恐怖,只觉得那么多好吃好玩的物资付之一炬,太可惜了。第二次看到大火是在重庆遭遇"五四"大轰炸,我逃难到海棠溪沙洲上,坐卧在沙滩上仰观重庆闹区火光冲天,还听得一阵阵爆竹响(因为房屋多为竹制),真个的是隔岸观火,心里充满了悲愤。又一次观火是在北碚的一个夏天,晚饭后照例搬出两张沙发放在门前平台上,啜茗乘凉。忽然看见对面半山腰上有房屋起火,先是一缕炊烟似的慢慢升起,俄而变成黑黑的一股烽燧狼烟,终乃演成焰焰大火。我坐下来,一面品茗,一面隔着一个山谷观火。非观不可,难道闭起眼睛非礼勿视?而且非悠闲不可,难道要顿足太息,或是双手合十,口呼:"善哉!善哉!"

有时候听说舟车飞机发生意外,多人殉亡,而自己阴差阳错偏偏临时因故改变行程,没有参加那一班要命的行旅,不免私下庆幸。这不是幸灾乐祸。对于那些在劫难逃的人,纵不恫伤,至少总有一些同情。对于自己的侥幸,当然大为高兴,但是这一团高兴并非建立在别人的痛苦之上。法国十七世纪的作家拉饶施福谷(La Rochefoucauh)的《箴言集》里有这样的一句名言："在我们的至交的灾难中，我们会发现一点点并不使我们不高兴的东西。"（Dams I'adversite de nos meilleurs amis noust rouvons quelque chose, qui ne nous deplaist pas.）这一点点并不使我们不高兴的东西，就是我们才说到的那种侥幸心理吧？

灾难如果发生在我们的敌人头上，我们很难不幸灾乐祸。民国三十四年两颗原子弹投落在广岛、长崎，造成很大的伤害，当时饱尝日寇荼毒的我国民众几乎没有不欢欣鼓舞的，认为那是天公地道的膺惩。想想日军在南京的大屠杀，在珍珠港的偷袭，他们不该付出一点代价吗？此之谓自作孽，不可活。也许有人以为我们应该如曾子所说的"哀矜而勿喜"，可是那种修养是很难得的。

—— 观光 ——

江山秀丽是"天开图画",而文化都是人为的

一位外国教授休假旅行,道出台湾,事前辗转托人来信要我予以照料,导游非我副业,但情不可却。事实证明"马路翻译"亦不易为,因为这一对老妇要我带他们到一条名为Hagglers Alley的地方去观光一番,我当时就踌躇起来,不知是哪一条街能有独享这样的一个名称的光荣。所谓haggler,就是"讨价还价的人"。他们没有见过这种场面,想见识一下,亦人情之常。我们在汉朝就有一位韩康,卖药长安,言不二价,名列青史,传为美谈。他若是和我谈起这段故事,我当然会比较的觉得面上有光,我再一想,韩康是一位逸士,在历史上并不多见,到如今当然更难找到,不提他也罢。一条街以"讨价还价"为名,足以证明其他的街道之上均不讨价还价,这也还是相当体面之事。好,就带他们到城里去走一遭。来客看出我有一点踌躇,便从箱箧中寻出一个导游小册,指给我看,台北八景之一的"讨价还价之街"赫然在焉。幸好其中没有说明中文街名,也没有说明在什么地方。在几乎任何一条街上都可以进行讨价还价之令人兴奋的经验。

按照导游小册，他们还要看山胞跳舞。讲到跳舞，我们古已有之，可惜"舞雩归咏"的情形只能在书卷里依稀体会之，就是什么霓裳羽衣剑器浑脱之类，我们也只有其名。观光客要看的是更古老的原始的遗留！越简陋的越好！"祝发文身错臂左衽"，都是有趣的。我告诉他们这种山胞跳舞需要到山地方能看到，这使他们非常失望。（我心里明白，虽然他们口里没有说出，他们也一定很想看看"出草"的盛况哩。读过Swift的《一个低调的建议》的人，谁不想参观一下福尔摩萨的生吃活人肉的风俗习惯？）后来他们在出卖"手工艺"的地方看到袖珍型的"国剧脸谱"，大喜过望，以为这必定是几千年几万年前的古老风俗的遗留。我虽然极力解释这只是"国剧"的"脸谱"，不同于他们在非洲内地或南海岛屿上所看到的土人的模型，但是他们仍很固执地表示衷心喜悦，嘴角上露出了所谓a serendipic smile（如获至宝的微笑），慷慨解囊，买了几份，预备回国去分赠亲友，表示他们看到一些值得一看的东西。

我有一个朋友，他家里曾经招待过一位观光女客。她饱餐了我们的世界驰名的佳肴之后，忽然心血来潮想要投桃报李，坚持要下厨房亲手做一顿她们本国的饭食，以娱主人，并且表示非亲自到市场采办不可。到我们的菜市场去观光！我们的市场里的物资充斥，可以表示出我们的生活的优裕，不需要配给券，人人都可以满载而归，个个菜筐都可以"青出于蓝"，而且当场杀鸡宰鱼，表演精彩不另收费。市场里虽然顾客摩肩接踵，依然可以撑着雨伞，任由雨水滴到别人的头上，依然可以推着脚踏车在人丛中横冲直撞，把泥水擦在别人的身上，因为彼此互惠之故，亦能相安。薄施脂粉的一位太太顺手把额外的一条五花三层的肉塞进她的竹篮里，眼明手快的屠商很迅速地就把那条肉又抽了出来，起初是两边怒目而视，随后不知怎的又相视而笑，适可而止，不伤和气。市场里的形形色色实在是大有可观，直把我们的观光客看得不仅目瞪口呆，而且心荡神怡。主人很天真，事后问她我们的菜市与她们国家的菜市有何分别，她很扼要地回答说："敝国的菜市地面上没有泥水。"

这位观光客又被招待到日月潭，下榻于落成不久的一座大厦中之贵宾室，一切都很顺利，即使拖人的船夫和钉人的照相师都没有使她丧胆，但是到了深更半夜一只贼光溜亮的大型蟑螂舞着两根长须爬上被单，她便大叫一声惊动了全楼的旅客。事情查明之后，同情似乎都在蟑螂那一方面。蟑螂遍布全世界，它的历史比人类的还要久远，这种讨厌的东西酷爱和平，打它杀它，永不抵抗，它唯一的武器是反对节育，努力生产。外国女人看见一只老鼠都会晕倒，见蟑螂而失声大叫又何足奇？舞龙舞狮可以娱乐嘉宾，小小一只蟑螂不成敬意。

来台观光而不去看故宫古物，岂不等于是探龙颔而遗骊珠？可是我真希望观光客不要遇到那大排长队的背着水壶拿着豆沙面包的小学生，否则他们会要误会我们的小学生已经恶补收效到能欣赏周彝汉鼎的程度了。江山无论多么秀美壮丽,那是"天开图画",与人无关,讲到文化,那都是人为的。我们中国文化,在故宫古物中间可以找到实证。也可以说中国文化几尽萃于是。这样的文物展览,当然傲视全球,唯一遗憾的是,祖先的光荣无助于孝子贤孙之飘蓬断梗!而且纵然我知道奋发,也不能再制"武丁甗"来炊饭,仍须乞灵于电锅。

—— 音乐 ——
"音乐的耳朵"不是人人都有

一个朋友来信说:"……我从来没有像现在这样烦恼过。住在我的隔壁的是一群在×××服务的女孩子,一回到家便大声歌唱,所唱的无非是些××歌曲,但是她们唱的腔调证明她们从来没有考虑过原制曲者所要产生的效果。我不能请她们闭嘴,也不能喊'停',只得像在理发馆洗头时无可奈何地用棉花塞起耳朵来……"

我同情于这位朋友,但是他的烦恼不是他一个人有的。我常想,音乐这样东西,在所有的艺术里,是最富于侵略性的。别种艺术,如图画雕刻,都是固定的,你不高兴欣赏便可以不必寓目,各不相扰;唯独音乐,声音一响,随着空气波荡而来,照直侵入你的耳朵,而耳朵平常都是不设防的,只得毫无抵御地任它震荡刺激。自以为能书善画的人,诚然也有令人不舒服的时候。据说有人拿着素扇跪在一位书画家面前,并非敬求墨宝,而是求他高抬贵手,别糟蹋他的扇子。这究竟是例外情形。书家画家并不强迫人家瞻仰他的作品,而所谓音乐也者,则对于凡是在音波所及的范围以内的人，一律强迫接受，也不管其效果是沁人肺腑，抑是令人作呕。

我的朋友对隔壁音乐表示不满，那情形还不算严重。我曾经领略过一次四人合唱，使我以后对于音乐会一类的集会轻易不敢问津。一阵彩声把四位歌者送上演台，钢琴声响动，四位歌者同时张口，我登时感觉到有五种高低疾徐全然不同的调子乱擂我的耳鼓，四位歌者唱出四个调子，第五个声音是从钢琴里发出来的，五缕声音搅作一团，全不和谐。当时我就觉得心旌颤动，飘飘然如失却重心，又觉得身临歧路，彷徨无主的样子。我回顾四座，大家都面面相觑，好像都各自准备逃生，一种分崩离析的空气弥漫于全室。像这样的音乐是极伤人的。

"音乐的耳朵"不是人人有的，这一点我承认，也许我就是缺乏这种耳朵。也许是我的环境不好，使我的这种耳朵，没有适当地发育。我记得在学校宿舍里住的时候，对面楼上住着一位音乐家，还是"国乐"，每当夕阳下山，他就临窗献技，引吭高歌，配着胡琴他唱"我好比……"，在这时节我便按捺不住，颇想走到窗前去大声地告诉他，他好比是什么。我顶怕听胡琴，北平最好的名手××我也听过多少次数，无论他技巧怎样纯熟，总觉得唧唧的声音像是指甲在玻璃上抓。别种乐器，我都不讨厌，曾听古琴弹奏一段《梧桐雨》，琵琶乱弹一段《十面埋伏》，都觉得那确是音乐，唯独胡琴与我无缘。莎士比亚的《威尼斯商人》里曾说起有人一听见苏格兰人的风笛便要小便,那只是个人的怪癖。我对胡琴的反感亦只是一种怪癖吧?皮黄戏里的青衣花旦之类,在戏院广场里令人毛发倒竖,若是清唱则尤不可当,嘤然一叫,我本能地要抬起我的脚来,生怕是脚底下踩了谁的脖子。近听汉戏,黑头花脸亦唧唧锐叫,令人坐立不安;秦腔尤为激昂,常令听者随之手忙脚乱,不能自已。我可以听音乐,但若声音发自人类的喉咙,我便看不得粗了脖子红了脸的样子。我看着危险,我着急。

真正听京戏的内行人怀里揣着两包茶叶,踱到边厢一坐,听到妙处,摇头摆尾,随声击节,闭着眼睛体味声调的妙处,这心情我能了解,但是他付了多大的代价!他听了多少不愿意听的声音才能换取这一点音乐的陶醉!到如今,听戏的少,看戏的多。唱戏的亦竟以肺壮气长取胜,而不复重韵味,唯简单节奏尚是多数人所能体会,铿锵的锣鼓,油滑的管弦,都是最简单不过的,所以缺乏艺术教养的人,如一般大腹贾、大人先生、大学教授、大家闺秀、大名士、大豪绅,都趋之若鹜,自以为是在欣赏音乐。

在中西文化的交流中,我们的音乐(戏剧除外)也在蜕变,从《毛毛雨》起以至于现在流行×××之类,都是中国小调与西洋某一级音乐的混合,时而中菜西吃,时而西菜中吃,将来成为怎样的定型,我不知道。我对音乐既不能做丝毫贡献,所以也很坦然地甘心放弃欣赏音乐的权利,除非为了某种机缘必须"共襄盛举"不得不到场备员。至于像我的朋友所抱怨的那种隔壁歌声，在我则认为是一种不可避免的自然现象，恰如我们住在屠宰场的附近便不能不听见猪叫一样，初听非常凄绝，久后亦就安之。夜深人静，荒凉的路上往往有人高唱"一马离了西凉界……"，我原谅他，他怕鬼，用歌声来壮胆，其行可恶，其情可悯。但是在天微明时练习吹喇叭，则是我所不解。"打—答—大—滴—"，一声比一声高，高到声嘶力竭，吹喇叭的人显然是很吃苦，可是把多少人的睡眠给毁了，为什么不在另一个时候练习呢？

在原则上，凡是人为的音乐，都应该宁缺毋滥。因为没有人为的音乐，顶多是落个寂寞。而按其实，人是不会寂寞的。小孩的哭声、笑声、小贩的吆喝声、邻人的打架声、市里的喧豗声，到处"吃饭了么""吃饭了么"的原是应酬而现在变成性命交关的问答声——实在寂寞极了，还有村里的鸡犬声！最令人难忘的还有所谓天籁。秋风起时，树叶飒飒的声音，一阵阵袭来，如潮涌，如急雨，如万马奔腾，如衔枚疾走。风定之后，细听还有枯干的树叶一声声地打在阶上。秋雨落时，初起如蚕食桑叶，窸窸窣窣，继而淅淅沥沥，打在蕉叶上清脆可听。风声雨声，再加上虫声鸟声，都是自然的音乐，都能使我发生好感，都能驱除我的寂寞，何贵乎听那"我好比……我好比……"之类的歌声？然而此中情趣，不足为外人道也。

—— 鼾 ——
鼾声扰人，究竟不是好事

我初到南京教书那一年，先是被安置在一间宿舍里，可巧一位朋友也是应聘自北平来，遂暂与我同居一室。夜晚就寝，这位相貌清癯仪态潇洒的朋友，头刚沾枕，立刻响起鼾声，不是普通呼噜呼噜的鼾声，他调门高，作金石声，有铜锤花脸或是秦腔的韵味，而且在十响八响的高亢的鼾声之后，还猛然带一个逆腔的回钩。这下子他把自己惊醒了，可是他哼哼唧唧地嚅动了几下，又开始奏起他的独特的音乐。我不知所措，彻夜无眠。

过两天这位朋友搬走了，又来了一位心广体胖脂腴特丰的朋友，他在南京有家，看见我室有空床，决意要和我联床夜话。他块头大、气势足，鼾声轰隆轰隆，不同凡响。凡事应慎之于始，我立即拿起一只多余的绣花枕头，对准他的床上掷去，他徐徐地开言道："你是嫌我鼾声太大吗？"原来他尚未睡熟，只是小试啼声，预演的性质。我毫无办法，听他演奏通宵达旦。

我本来没有打鼾的习惯，等到中年发福，又常以把盏为乐，"三日不饮酒，觉形神不复相亲"，于是三日一小饮，五日一大醉，隗然卧倒，鼾声如雷。我初不自知，当然亦不肯承认，可是家人指控历历如绘，甚至于形容我的呼声之高，硬说我一呼一吸之际，屋门也应声一翕一张。小女淘气，复于我鼾声大作之时，录声为证。无法抵赖，只得承招。但是我还要试为自己解脱，引证先贤亦复尔尔，不足为病，未可厚非。黄山谷题苏东坡书后有云："东坡居士性喜酒，然不能四五龠，已烂醉……就卧，鼻鼾如雷。"可见贤者不免，吾又何尤？

鼾声扰人，究竟不是好事。记得有人发明过一种"止鼾器"。睡时纳入口中，好像就能控制口腔内某一部分的筋肉使之不能颤动，自然就不会发出鼾声。我没见过这种伟大的发明，也不知道有什么情愿一试的人做过实验。这种东西没有流行到市面上来，很快地就匿迹销声，不是证明其为无效，是证明人对于鼾的厌恶尚未深刻到甘心情愿以异物纳入口腔的程度。

如果不是在人卧榻之侧制造噪音，扰人清睡，打鼾似乎没有多大害处。有些医学家可不这样想。报载：

【合众国际社密歇根安那柏一九七六年十一月十九日电】

一位研究睡眠失常的专家指出，鼾声太大可能对健康有害；情况严重的，甚至会使你的心脏停止跳动。

斯坦福大学睡眠失常门诊中心主任狄蒙博士在密歇根大学的内科医师会议上指出，有打鼾毛病的人几乎无法真正睡一晚好眠。

他说，鼾声大的人，每一千位成年男人中，平均有一人当他睡着时心脏有停止跳动的危险……当他们的喉头上部与口腔组织过度松弛时，就切断了通向肺部的空气……这些睡眠者因此必须挣扎喘气，以吸取空气至肺内。严重时，此种循环一晚可能发生四百次，其中包括心跳不规则。这意味一个人在一年内有一千万次他的心跳可能停止的机会。我们猜测发生此种情形的次数，远较医学界所知者为多，因为此种病人醒着时没有心脏病的困扰，而且死后验尸也看不出此种症状……

我们常听说到的所谓无疾而终，一睡不起，或是溘然坐化，也许其中一部分就是因为有严重的打鼾习惯。我不确知谁是因鼾而停止呼吸而猝然物化，不过打鼾的朋友们确是常有鼾声正酣之际陡然停止出声的情事。在这种情形中，醒着的人都为他担心，生怕他一时喘不过气来而发生意外。通常他是休止几秒钟便又惊醒过来的。陈抟高卧，动辄百余日不起，不知他最后是否于鼾眠中尸解。

若说鼾声悦耳，怕谁也不信。但也有例外，要看鼾声发自何人。我从前有一位朋友卜居青岛汇泉，推开屋门即见平坦广大的海滩，再望过去就是辽阔无垠的海洋，月明风清之夜，潮汐涨退之声可闻，景物幽绝。遥想当年英国诗人阿诺德在多汶海峡听惊涛拍岸时所引发的感触，此情此景大概仿佛。我的朋友却不以为然，他说夜晚听无穷无尽的波涛撞击的音响，单调得令人心烦，海潮音实在听不入耳。天籁都不能令他动心，还有什么音响能令他欣赏呢？他正言相告："要想听人世间最美妙的音乐，莫过于夜阑人静，微闻妻室儿女从榻上传来的停匀的一波一波的鼾声，那时节我真个领略到'上帝在天，世上一片宁谧安详'的意境。"

好几年前，《读者文摘》有一篇说鼾的小文。于分析描述打鼾的种种之后，篇末画龙点睛地补上一笔："鼾声是不是讨人厌，问寡妇。"

—— 聋 ——

耳聋有不便之处，但也可以对一些问题充耳不闻

近来和朋友们晤谈，觉得有几位说话的声音越来越小，好像是随时要和我谈论什么机密大事，喁喁哝哝，生怕隔墙有耳。我不喜欢听扯着公鸡嗓、破锣嗓哗啦哗啦叫的人说话，他们使我紧张。抚节悲歌的时候，不妨声振林木，响遏行云，普通谈话应以使对方听到为度。可是朋友们若是经常和我叽叽喳喳地私语，只见其嗫嚅，不闻其声响，尤其是说到一句话里的名词、动词一律把调门特别压低，我也着急。很奇怪，这样对我谈话的人渐渐多起来了。我心想，怪不得相书上说，声若洪钟，主贵，而贵人本是不多见的。我应付的方法首先是把座席移近，近到促膝的地步，然后是把并非橡皮制的脖子伸长，揪起耳朵，欹耳而听，最后是举起双手附在耳后扩大耳轮的收听效果。饶是这样，我有时还只是断断续续地听清楚了对方所说的一些连接词、形容词和冠词而已。久之，我明白了，不是别人噤口，是我自己重听。

耳顺之年早过，当然不能再"耳闻其言，而知微旨"。聋聩毋宁说是

人生到此的正常现象之一。《淮南子》说"禹耳三漏",那是天下之大圣,聪明睿知,一个耳朵才能有三个穴,我们凡夫俗子修得人身,已比聋虫略胜一筹,不敢希望再有什么畸形发展。霜降以后,一棵树的叶子由黄而红,由枯萎而摇落,我们不以为异。为什么血肉之躯几十年风吹雨打之后,刚刚有一点老态龙钟,就要大惊小怪? 世界上没有万年常青的树,蒲柳之姿望秋先落,也不过是在时间上有迟早先后之别而已。所以我发现自己日益聋蔽,夷然处之。我知道古往今来,有多少好人在和我做伴。贝多芬二十七岁起就在听觉上有了碍障,患中耳炎,然后愈来愈严重,到了四十九岁完全聋了,人家对他谈话只能以纸笔代喉舌,可是聋没有妨碍他作曲。杜工部五十六岁作《耳聋》诗,"眼复几时暗,耳从前月聋。"好像"猿鸣秋泪缺,雀噪晚愁空"皆叨耳聋之赐,独恨眼尚未暗! 一定要耳不聪目不明才算满意! 可是此后三数年他的诗作仍然不少。

耳聋当然有不便处。独坐斋中,有人按铃,我听不见,用拳头擂门,我还是听不见,急得那人翻墙跳了进来。我道歉一番耸耸肩作鸳鸯笑。有时候和人晤言一室之内,你道东来我道西,驴唇不对马嘴,所答非所问,持续很久才能弄清话题,幽默者莞尔而笑,性急者就要顿足太息,我也觉得窘。闹市中穿道路,需要眼观四路耳听八方,要提防市虎和呼啸而来的骑摩托车的拼命三郎,耳不聪目不明的人都容易吃亏,好在我早已为我自己画地为牢,某一条路以西,某一条路以北,那一带我视为禁区。

聋子也有因祸得福的时候。凡是不愿或不便回答的问题一概可以不动声色地置之不理，顾盼自若，面部无表情，大模大样地作大人物状，没有人疑到你是装聋。他一再地叮问，你一再地充耳不闻，事情往往不了了之。人世间的声音太多了，虫啾、蛙鸣、蝉噪、鸟啭、风吹落叶、雨打芭蕉，这一切自然的声音都是可以容忍的，唯独从人的喉咙里发出来的音波和人手操作的机械发出来的声响，往往令人不耐。在最需要安静的时候，时常有一架特大的飞机哗啦啦地从头上飞过，或是芳邻牌局初散在门口呼车道别，再不就是汽车司机狂揿喇叭代替按门铃，对于这一切我近来就不大抱怨，因为"五音令人耳聋"，我听不大见。耳聋之益尚不止此。世上说坏话的人多，说好话的人少，至少好话常留在人死后再说。白居易香炉峰下草堂初成，高吟"从兹耳界应清净，免见啾啾毁誉声"。如果他耳聋，他自然耳根清净，无须诛茅到高峰之上了。有人说，人到最后关头，官感失灵，最后才是听觉，所以易箦之际，有人哭他，他心烦，没有人哭他，怕也不是滋味，不如干脆耳聋。

《时代周刊》（一九七〇年八月十日，页四十四）有这样一段："'我的听觉越来越坏'，贝多芬在一八〇一年写道，'一位庸医为我的耳朵处方是多饮茶。'自从他于一八二七年逝世以后，许多学者推测其死因可能是血液循环不佳、梅毒，或伤寒症。科罗拉多大学医药中心的两位医生，斯提芬斯与海门威（Wrs. Kenneth M. Stevens and Wm. G. Hemenway）在

A.M.A.Journal（《美国医学会会刊》）上说，事实并非如此。他的聋乃是耳蜗硬化所致（Cochlear Oto-sclerosis），现今用外科手术即可矫正。患此病症，中耳内之骨质生长过多，妨碍了震动之变成为神经冲动，于是无法把震动变成为声音。

贝多芬最初发觉对于高音调丧失听觉，是二十七岁那一年。这样年轻的时候不可能有血液循环的病，也不可能有晚期梅毒的损伤。伤寒比较可信。不检视这位谱曲家的颞骨，谁也无法确定；一八六三年和一八八八年，他的脑壳两度接受检查，那些颞骨却不见了。显然的是最初解剖时即已取去。斯提芬斯与海门威下结论说："也许在维也纳的一个被人遗忘了的地窖里，有一只装满甲醛液的瓶子，里面藏着答案。"

—— 穷 ——

穷不是罪过,也不是美德

人生下来就是穷的,除了带来一口奶之外,赤条条的,一无所有,谁手里也没有握着两个钱。再稍稍长大一点,阶级渐渐显露,有的是金枝玉叶,有的是"杂和面口袋"。但是就大体而论,还是泥巴里打滚袖口上抹鼻涕的居多。儿童玩具本是少得可怜,而大概其中总还免不了一具"扑满",瓦做的,像是陶器时代的出品,大的小的挂绿釉的都有,间或也有形如保险箱,有铁制的,这种玩具的用意就是警告孩子们,有钱要积蓄起来,免得在饥荒的时候受穷,穷的阴影在这时候就已罩住了我们!好容易过年赚来几块压岁钱,都被骗弄丢在里面了,丢进去就后悔,想从缝里倒出来是万难,用小刀拨也是枉然。积蓄是稍微有一点,穷还是穷。而且事实证明,凡是积在扑满里的钱,除了自己早早下手摔破的以外,大概后来就不知怎样就没有了,很少能在日后发生什么救苦救难的功效。等到再稍稍长大一点,用钱的欲望更大,看见什么都要流涎,手里偏偏是空空如也,那时候真想来一个"十月革命"。就是富家子也是一样,尽管是绮襦纨绔，他还是恨继承开始太晚。这时候他最感觉穷，虽然他还没认识穷。人在成年之后，开始面对着糊口问题，不但糊自己的口，还要糊附属人员的口，如果脸皮欠厚心地欠薄，再加上祖上是"忠厚传家诗书继世"的话，他这一生就休想能离开穷的掌握。人的一生，就是和穷挣扎的历史。和穷挣扎一生，无论胜利或失败，都是惨。能不和穷挣扎，或于挣扎之余还有点闲工夫做些别的事，那人是有福了。

所谓穷，也是比较而言。有人天天喊穷，不是今天透支，就是明天举债，数目大得都惊人，然后指着身上衣服的一块补绽或是皮鞋上的一条小小裂缝作为他穷的铁证。这是寓阔于穷，文章中的反衬法。也有人量入为出，温饱无虞，可是又担心他的孩子将来自费留学的经费没有着落，于是于自我麻醉中陷入于穷的心理状态。若是西装裤的后方越磨越薄，由薄而破，由破而织，由织而补上一大块布，细针密缝，老远地看上去像是一个圆圆的箭靶。（说也奇怪，人穷是先从裤子破起！）那么，这个人可是真有些近于穷了。但是也不然，穷无止境。"大雪纷纷落，我往柴火垛，看你们穷人怎么过！"穷人眼里还有更穷的人。

穷也有好处。在优裕环境里生活着的人，外加的装饰与铺排太多，可以把他的本来面目掩没无遗，不但别人认不清他真的面目，往往对他发生误会（多半往好的方面误会），就是自己也容易忘记自己是谁。穷人则不然，他的褴褛的衣裳等于是开着许多窗户，可以令人窥见他的内容，他的荜门蓬户，尽管是穷气冒三尺，却容易令人发见里面有一个人。人越穷，越靠他本身的成色，其中毫无夹带藏掖。人穷还可落个清闲，既少"车马驻江干"，更不会有人来求谋事，讣闻请笺都不会常常上门，他的时间是他自己的。穷人的心是赤裸的，和别的穷人之间没有隔阂，所以穷人才最慷慨。金错囊中所余无几，买房置地都不够，反正是吃不饱饿不死，落得来个爽快，求片刻的快意。此之谓"穷大手"。我们看见过富家弟兄析产的时候把一张八仙桌子劈开成两半，不曾看见两个穷人抢食半盂残羹剩饭。

穷时受人白眼是件常事，狗不也是专爱对着鹑衣百结的人汪汪吗？人穷则颈易缩，肩易耸，头易垂，须发许是特别长得快，擦着墙边逡巡而过，不是贼也像是贼。以这种姿态出现，到处受窘。所以人穷则往往自然的有一种抵抗力出现，是名曰：酸。穷一经酸化，便不复是怕见人的东西。别看我衣履不整，我本来不以衣履见长！人和衣服架子本来是应该有分别的。别看我囊中羞涩，我有所不取；别看我落魄无聊，我有所不为。这样一想，一股浩然之气火辣辣地从丹田升起，腰板自然挺直，胸膛自然凸出，悲哀啸傲，无往不宜。在别人的眼里，他是一块茅厕砖——臭而且硬，可是，人穷而不志短者以此，布衣之士而可以傲王侯者亦以此，所以穷酸亦不可厚非，他不得不如此。穷若没有酸支持着，它不能持久。

扬雄有逐贫之赋，韩愈有送穷之文，理直气壮地要与贫穷绝缘，反倒被穷鬼说服，改容谢过肃之上座，这也是酸极一种变化。贫而能逐，穷而能送，何乐而不为？逐也逐不掉，送也送不走，只好硬着头皮甘与穷鬼为伍。穷不是罪过，但也究竟不是美德，值不得夸耀，更不足以傲人。典型的穷人该是颜回，一箪食，一瓢饮，在陋巷，不改其乐。不改其乐当然是很好，箪食瓢饮究竟不大好，营养不足，所以颜回活到三十二岁短命死矣。孔子所说"饭疏食饮水，曲肱而枕之，乐亦在其中矣"。譬喻则可，当真如此就嫌其不大卫生。

―― 猪 ――
任何事物不可以貌相

猪没有什么模样儿，笨拙臃肿，漆黑一团，四川猪是白的，但是也并不俊俏，像是遍体白癫疯，像是"天佬儿"，好像还没有黑色来得比较可以遮丑。俗话说："三年不见女人，看见一只老母猪，也觉得它眉清目秀。"一般人似尚不至如此，老母猪离眉清目秀的境界似乎尚远。只看看它那个嘴巴尽管有些近于帝王之相，究竟占面部面积过多，作为武器固未尝不可，作为五官之一就嫌不称。它那两扇鼓动生风的耳轮，细细的两根脚杆，辫子似的一条尾巴，陷在肉坑里的一对小眼，和那快擦着地的膨脖大腹，相形之下，全不成比例。当然，如果它能竖起来行走，大腹便便也并不妨事，脑满肠肥的一副相说不定还许能赢得许多人的尊敬，脸上的肉叠成褶，也许还能讨若干人的欢喜。可惜它只能四脚着地，辜负了那一身肉，只好谥之曰猪猡。

任何事物不可以貌相，并且相貌的丑俊也不是自己所能主宰的。上天造物是有那么多的变化，有蠢的，有俏的。可恼的是猪儿除了那不招人爱的模样之外，它的举止动作也全没有一点风度。它好睡，睡无睡相，人讲究"坐如钟，睡如弓"，猪不足以语此，它睡起来是四脚直挺，倒头便睡，而且很快地就鼾声雷动，那鼾声是疙疙噜苏的，很少悦耳的成分。一经睡着，天大的事休想能惊醒它，打它一棒它能翻过身再睡，除非是一桶猪食哗啦一声倒在食槽里。这时节它会连爬带滚地争先恐后地奔向食槽。随吃随挤，随咽随咂，嚼菜根则嘎嘎作响，吸豆渣则呼呼有声，吃得嘴脸狼藉，可以说没有一点"新生活"。动物的叫声无论是哀也好，凶也好，没有像猪叫那样讨厌的，平常没有事的时候，只会在嗓子眼儿里呶呶嚅嚅，没有一点痛快，等到大限将至被人揪住耳朵提着尾巴的时候，便放声大叫，既不惹人怜，更不使人怕，只是使人听了刺耳。它走路的时候，踯躅蹒跚，活泼的时候，盲目地乱窜，没有一点规矩。

虽然如此，猪的人缘还是很好，我在乡间居住的时候，女佣不断地要求养猪，她常年茹素，并不希冀吃肉，更不希冀赚钱，她只是觉得家里没有几只猪儿便不像是个家，虽然有了猫狗和孩子还是不够。我终于买了两只小猪。她立刻眉开眼笑，于抚抱之余给了小猪我所梦想不到的一个字的评语曰："乖！"孟子曰："食而弗爱，豕交之也；爱而不敬，兽畜之也。"我看我们的女佣在喂猪的时候是兼爱敬而有之。她根据"食不厌精脍不厌细"的道理对于猪食是细切久煮，敬谨用事的，一日三餐，从不误时，伺候猪食之后倒是没有忘记过给主人做饭。天朗气清惠风和畅的时候,她坐在屋檐下补袜子,一对小猪伏在她的腿上打瞌睡。等到"架子"长成"催肥"的时候来到,她加倍努力地供应,像灌溉一株花草一般地小心翼翼,它越努力加餐,她越心里欢喜,她俯在圈栏上看着猪儿进膳,没有偏疼,没有愠意,一片慈祥。有一天,猪儿高卧不起,见了食物也无动于心,似有违和之意,她急得烧香焚纸,再进一步就是在猪耳根上放一点血,烧红一块铁在猪脚上烙一下,最后一招是一服万金油拌生鸡蛋。年关将届,她噙着眼泪烧一大锅开水,给猪洗第一次也是最后一次的热水澡。猪圈不能空着,紧接着下一代又继承了上来。

看猪的一生,好像很是无聊,大半时间都是被关在圈里,如待决之囚,足迹不出栅门,出不能接见亲属,而且很早地就被阉割,大欲就先去了一半,浑浑噩噩地度过一生,临了还不免冰凉的一刀。但是它也有它的庸福。它不用愁吃,到时候只消饭来张口,它不用劳力,它有的是闲暇。除了它最后不得善终好像是不无遗憾以外,一生的经过比起任何养尊处优的高级动物也并无愧色。"闻其声不忍食其肉",是君子,但是我常以为猪叫的声音不容易动人的不忍之心。有一个时期,我的居处与屠场为邻,黎明就被惊醒,其鸣也不哀,随后是血流如注的声音,叫声顿止,继之以一声叹气,最后的一口气,再听便只有屋檐滴雨一般的沥血的声音,滴滴答答地落在桶里。我觉得猪经过这番洗礼,将超升成为一种有用的东西,无负于豢养它的人,是一件公道而可喜的事。

仓颉造字，天雨粟，鬼夜哭，虽是神话，也颇有一点意思。"家"字是屋子底下一口猪。屋子底下一个人，岂不简捷了当？难道猪才是家里主要的一员？有人说家居引申而为人居，有人引《曲礼》"问庶人之富数畜以对"之义以为豕是主要的家畜。我养过几年猪之后，顿有所悟。猪在圈里的工作，主要的是"吃、喝、拉、撒、睡"，此外便没有什么。圈里是脏的，顶好的卫生设备也会弄得一塌糊涂。吃了睡，睡了吃，毫无顾忌，便当无比。这不活像一个家吗？在什么地方"吃、喝、拉、撒、睡"比在家里更方便？人在家里的生活比在什么地方更像一只猪？仓颉泄露天机倒未必然，他洞彻人生，却是真的，怪不得天雨粟鬼夜哭。

—— 狗 ——
狗与人不同

《五代史》四夷附录："狗国，人身狗首，长毛不衣，手搏猛兽，语为犬嗥。其妻皆人，能汉语，生男为狗，女为人，自相婚嫁。穴居食生，而妻女人食。"语出正史，不相信也只好姑妄听之。我倒是希望在什么地方真有这么一个古国，让我们前去观光。妻女能汉语，对观光客便利不少。人身狗首，虽然不及人面狮身那样的雄奇，也算另一种上帝的杰作，我们不可怀有种族偏见，何况在我们人群中，獐头鼠目而昂首上骧者也比比皆是。可惜史籍记载太欠详尽，使人无从问津。

我们的人口膨胀，狗的繁殖好像也很快。我从前在清晨时分曳杖街头，偶然看见一两只癞狗在人家门前蜷卧，或是在垃圾箱里从事发掘，我走我的路，各不相扰。如今则不然，常常遇见又高又大的狼犬，有时气咻咻地伸着大舌头从我背后赶来，原来是狗主人在训练它捡取东西。也常常遇到大耳披头的小猎犬，到小腿边嗅一下摇头晃脑而去。更常看到三五只土狗在街心乱窜，是相扑为戏，还是争风动武，我也无从知道，遇到这样的场面我只好退避三舍绕道而行。

不要以为我极不喜欢狗。马克·吐温说过，"狗与人不同。一只丧家犬，你把它迎到家里，喂它，喂得它生出一层亮晶晶的新毛，它以后不会咬你。"我相信，所谓义犬，古今中外皆有之。《搜神记》记载着一桩义犬救主的故事；明人戏曲也有过一篇《义犬记》。养狗不一定望报，单看它默默地厮守着你的样子，就觉得它是可人。树倒猢狲散，猢狲与人同属于灵长类，树倒焉有不散之理；狗则不嫌家贫，它知道恋旧。不过狗咬主人的事也不是没有发生过。那是狗患了恐水病，它咬了别人，也咬了主人，它自己是不负责任的，犹之乎一个"心神丧失"的儿子杀死爸爸也会被判为无罪一样。（不过疯犬本身必无生理，无论有罪无罪，都不能再俯仰天地之间而克享天年。）印度外道戒，有一种狗戒，要人过狗一般的生活，真的吃人粪便，《大智度论》批评说："如是等戒，智所不赞，唐苦无善报。"其实狗也有它的长处，大有值得我们人效法者在，吃粪是大可不必的，纵然二十四孝里也列为一项孝行。

狗与人类打交道，由来已久。周有犬人，汉有狗监，都是帝王近侍，可见在犬马声色之娱中间老早就占了重要的地位。犬为六畜之一，孟子说："鸡豚狗彘之畜，无失其时，七十者可以食肉矣。"老人有吃狗肉的权利，聂政屠狗养亲，没有人说他的不是。许多人不吃香肉，想想狗所吃的东西便很难欣赏狗肉之甘脆。我不相信及时进补之说，虽然那些先天不足后天亏损的人是很值得同情的。但是有人说吃狗肉是虐待动物，是野蛮行为，这种说法就很令人惊异。《三字经》是近来有人提倡读的，里面就说"马牛羊，鸡犬豕，此六畜，人所饲"，人饲了它是为了什么？历来许多地方小规模的祭祀，不用太牢，便用狗。何以单单杀狗便是野蛮？法国人吃大蜗牛，无害于他们的文明。我看见过广州菜市场上的菜狗，胖胖嘟嘟的，一笼一笼的，虽然不是喂罐头长大的，想来绝不会经常服用"人中黄"，清洁又好像不成问题。

狗的数目日增，也许是一件好事。"狗吠深巷中，鸡鸣桑树颠"，鸡犬之声相闻，是农村不可或缺的一种点缀。都市里的狗又是一番气象，真是"鸡鸣天上，犬吠云中"，身价不同。我清晨散步时所遇见的狗，大部分都系出名门，而且所受的都是新式的自由的教育，横冲直撞，为所欲为。电线杆子本来天生地宜于贴标语，狗当然不肯放过在这上面做标志的机会。有些狗脖子上挂着牌子，表示它已纳过税，纳过税当然就有使用大街小巷的权利，也许其中还包含随地便溺的自由。我听一些犬人、狗监一类的人士说，早晨放狗，目的之一便是让它在自己家门之外排泄。想想我们人类也颇常有"脚向墙头八字开"的时候，于狗又何尤？说实在话，狗主人也偶尔有几个思想顽固的，居然给狗戴上口罩，使得它虽欲"在人腿上吃饭"而不可得，或是系上一根皮带加以遥远控制。不过这种反常的情形是很少有的，通常是放狗自由，如入无人之境。

门上"内有恶犬"的警告牌示已少见。将来代之而兴的可能是"内无恶犬"。警告牌少见的缘故之一是其必需性业已消失。黑鼻尖黑嘴圈的狼狗，脸上七棱八瓣的牛头狗，尖嘴白毛的狐狸狗，都常在门底下露出一部分嘴脸，那已经发生够多的吓阻力量。朱门蓬户，都各有其身份相当的狗居住其间。如果狗都关在门内，主人豢之饲之爱之宠之，与人无涉；如果放它出门，而没有任何防范，则一旦咬人固是小事一端，它自己却也有香肉店寻得归宿的可能。屠宰名犬进补，实在杀风景，可是这责任不该由香肉店负。

—— 鸟 ——

我爱鸟,它不回顾,它不悲哀

我爱鸟。

从前我常见提笼架鸟的人,清早在街上溜达(现在这样有闲的人少了)。我感觉兴味的不是那人的悠闲,却是那鸟的苦闷。胳膊上架着的鹰,有时头上蒙着一块皮子,羽翮不整地蜷伏着不动,哪里有半点瞵视昂藏的神气?笼子里的鸟更不用说,常年地关在栅栏里,饮啄倒是方便,冬天还有遮风的棉罩,十分地"优待",但是如果想要"抟扶摇而直上",便要撞头碰壁。鸟到了这种地步,我想它的苦闷,大概是仅次于粘在胶纸上的苍蝇,它的快乐,大概是仅优于在标本室里住着吧?

我开始欣赏鸟,是在四川。黎明时,窗外是一片鸟啭,不是叽叽喳喳的麻雀,不是呱呱噪啼的乌鸦,那一片声音是清脆的,是嘹亮的,有的一声长叫,包括着六七个音阶,有的只是一个声音,圆润而不觉其单调,有时是独奏,有时是合唱,简直是一派和谐的交响乐。不知有多少个春天的早晨,这样的鸟声把我从梦境唤起。等到旭日高升,市声鼎沸,鸟就沉默了,不知到哪里去了。一直等到夜晚,才又听到杜鹃叫,由远叫到近,由近叫到远,一声急似一声,竟是凄绝的哀乐。客夜闻此,说不出的酸楚!

在白昼,听不到鸟鸣,但是看得见鸟的形体。世界上的生物,没有比鸟更俊俏的。多少样不知名的小鸟,在枝头跳跃,有的曳着长长的尾巴,有的翘着尖尖的长喙,有的是胸襟上带着一块照眼的颜色,有的是飞起来的时候才闪露一下斑斓的花彩。几乎没有例外的,鸟的身躯都是玲珑饱满的,细瘦而不干瘪,丰腴而不臃肿,真是减一分则太瘦,增一分则太肥那样的秾纤合度,跳荡得那样轻灵,脚上像是有弹簧。看它高踞枝头,临风顾盼——好锐利的喜悦刺上我的心头。不知是什么东西惊动它了,它倏地振翅飞去,它不回顾,它不悲哀,它像虹似的一下就消逝了,它留下的是无限的迷惘。有时候稻田里伫立着一只白鹭,拳着一条腿,缩着颈子,有时候"一行白鹭上青天",背后还衬着黛青的山色和油绿的梯田。就是抓小鸡的鸢鹰,啾啾地叫着,在天空盘旋,也有令人喜悦的一种雄姿。

我爱鸟的声音,鸟的形体,这爱好是很单纯的,我对鸟并不存任何幻想。有人初闻杜鹃,兴奋得一夜不能睡,一时想到"杜宇""望帝",一时又想到啼血,想到客愁,觉得有无限诗意。我曾告诉他事实上全不是这样的。杜鹃原是很健壮的一种鸟,比一般的鸟魁梧得多,扁嘴大口,并不特别美，而且自己不知构巢，依仗体壮力大，硬把卵下在别个的巢里，如果巢里已有了够多的卵，便不客气地给挤落下去，孵育的责任由别个代负了，孵出来之后，羽毛渐丰，就可把巢据为己有。那人听了我的话之后，对于这豪横无情的鸟，再也不能幻出什么诗意出来了。我想济慈的《夜莺》，雪莱的《云雀》，还不都是诗人自我的幻想，与鸟何干？

鸟并不永久地给人喜悦，有时也给人悲苦。诗人哈代在一首诗里说，他在圣诞的前夕，炉里燃着熊熊的火，满室生春，桌上摆着丰盛的筵席，准备着过一个普天同庆的夜晚，蓦然看见在窗外一片美丽的雪景当中，有一只小鸟踟蹰缩缩地在寒枝的梢头踞立，正在啄食一颗残余的僵冻的果儿，禁不住那料峭的寒风，栽倒在地上死了，滚成一个雪团，诗人感喟曰："鸟！你连这一个快乐的夜晚都不给我！"我也有过一次类似的经验，在东北的一间双重玻璃窗的屋里，忽然看见枝头有一只麻雀，战栗地跳动抖擞着，在啄食一块干枯的叶子。但是我发现那麻雀的羽毛特别的长，而且是蓬松戟张着的，像是披着一件蓑衣，立刻使人联想到那垃圾堆上的大群褴褛而臃肿的人，那形容是一模一样的。那孤苦伶仃的麻雀，也就不暇令人哀了。

自从离开四川以后，不再容易看见那样多型类的鸟的跳荡，也不再容易听到那样悦耳的鸟鸣。只是清早遇到烟突冒烟的时候，一群麻雀挤在檐下的烟突旁边取暖,隔着窗纸有时还能看见伏在窗棂上的雀儿的映影。喜鹊不知逃到哪里去了。带哨子的鸽子也很少看见在天空打旋。黄昏时偶尔还听见寒鸦在古木上鼓噪,入夜也还能听见那像哭又像笑的鸱鸮的怪叫。再令人触目的就是那些偶然一见的囚在笼里的小鸟儿了,但是我不忍看。

看相

一个人的尊容，和他一生休戚有密切关系

听说一个人的尊容，和他的一生休戚有很密切的关系。例如耳目口鼻，方向若是稍微挪动一点，就许在一生的过去或未来，发生很大的变动。所以你别瞧那一帮满肚子海参鱼翅，坐着汽车兜圈子的人，他们必是有点来历，说不定是因为哪一根骨头长得得法。穷困潦倒的人，少去看相，你若是遇到什么张铁嘴李铁腮的，他三言两语地把你的尊容褒贬一顿，你就许对不住你生身的父母。

然而看相的人，名叫铁嘴的还是不够多。你明明是一个不能寿终正寝的地痞流氓，他会恭维你，说你将走红运，在武汉可以发一注横财。你明明是一个乳臭未退的小孩子，他会奉承你，说你是群众革命的领袖，可以东做委员，西做委员。你明明是一位小姐，他会说你是明星。你明明是一位诚实人，他会说你必定是在上海生长大的。你纵然不相信你的尊容会这样的好法，但是你听在耳里舒服。人人喜欢耳里舒服，于是乎看相的人便遍地皆是。

现在研究相术的人比从前进步，只消看看他们的广告，也讲究挂起"留学"的招牌。更有所谓洋相士，什么手相家海伦巴勃，一齐到上海来了。其实这也难怪。我觉得我们中国人的尊容，近年来变得很厉害，恐怕几年后，一定要至少留学过的相术家，才能看懂我们中国人的脸。

—— 病 ——
人在大病时，人生观都要改变

鲁迅曾幻想到吐半口血扶两个丫鬟到阶前看秋海棠，以为那是雅事。其实天下雅事尽多，唯有生病不能算雅。没有福分扶丫鬟看秋海棠的人，当然觉得那是可羡的，但是加上"吐半口血"这样一个条件，那可羡的情形也就不怎样可羡，似乎还不如独自一个硬硬朗朗到菜圃看一畦萝卜白菜。

最近看见有人写文章，女人怀孕写作"生理变态"，我觉得这人倒有点"心理变态"。病才是生理变态。病人的一张脸就够瞧的，有的黄得像讣闻纸，有的青得像新出土的古铜器，比髑髅多一张皮，比面具多几个眨眼。病是变态，由活人变成死人的一条必经之路。因为病是变态，所以病是丑的。西子捧心蹙颦，人以为美，我想这也是私人癖好，想想海上还有逐臭之夫，这也就不足为奇。

我由于一场病，在医院住了很久。我觉得我们中国人最不适宜于住医院。在不病的时候，每个人在家里都可以做土皇帝，佣仆不消说是用钱雇来的奴隶，妻子只是供膳宿的奴隶，父母是志愿的奴隶，平日养尊处优惯了，一旦他老人家欠安违和，抬进医院，恨不得把整个的家（连厨房在内）都搬进去！病人到了医院，就好像是到了自己的别墅似的，忽而买西瓜，忽而冲藕粉，忽而打洗脸水，忽而灌暖水壶。与其说医院家庭化，毋宁说医院旅馆化，最像旅馆的一点，便是人声嘈杂，四号病人快要咽气，这并不妨碍五号病房的客人的高谈阔论；六号病人刚吞下两包安眠药，这也不能阻止七号病房里扯着嗓子喊黄嫂。医院是生与死的决斗场，呻吟号啕以及欢呼叫嚣之声，当然都是人情之所不能已，圣人弗禁。所苦者是把医院当作养病之所的人。

但是有一次我对于我隔壁房所发的声音，是能加以原谅的。是夜半，是女人声音，先是摇铃随后是喊"小姐"，然后一声铃间一声喊，由原板到流水板，愈来愈促，愈来愈高，我想医院里的人除了住了太平间的之外大概谁都听到了，然而没有人送给她所要用的那件东西。呼声渐变成号声，情急渐变成衷恳，等到那件东西等因奉此地辗转送到时，已经过了时效，不复成为有用的了。

旧式讣闻喜用"寿终正寝"字样，不是没有道理的。在家里养病，除了病不容易治好之外，不会为病以外的事情着急。如果病重不治必须寿终，则寿终正寝是值得提出来傲人的一件事，表示死者死得舒服。

人在大病时，人生观都要改变。我在奄奄一息的时候，就感觉得人生无常，对一切不免要多加一些宽恕，例如对于一个冒领米贴的人，平时绝不稍予假借，但在自己连打几次强心针之后，再看着那个人贸贸然来，也就不禁心软，认为他究竟也还可以算作一个圆颅方趾的人。鲁迅死前遗言"不饶恕，也不求人饶恕"。那种态度当然也可备一格。不似鲁迅那般伟大的人，便在体力不济时和人类容易妥协。我僵卧了许多天之后，看着每个人都有人性，觉得这世界还是可留恋的。不过我在体温脉搏都快恢复正常时，又故态复萌，眼睛里揉不进沙子了。

弱者才需要同情，同情要在人弱时施给，才能容易使人认识那份同情，一个人病得吃东西都需要喂的时候，如果有人来探视，那一点同情就像甘露滴在干土上一般，立刻被吸收了进去。病人会觉得人类当中彼此还有联系，人对人究竟比兽对人要温和得多。不过探视病人是一种艺术，和新闻记者的访问不同，和吊丧又不同。我最近一次病，病情相当曲折，叙述起来要半小时，如用欧化语体来说半小时还不够。而来看我的人是如此诚恳，问起我的病状便不能不详为报告，而讲述到三十次以上时，便感觉像一位老教授年年在讲台上开话匣片子那样单调而且惭愧。我的办法是，对于远路来的人我讲得要稍为扩大一些，而且要强调病的危险，为的是叫他感觉此行不虚,不使过于失望。对于邻近的朋友们则不免一切从简诸希矜宥!有些异常热心的人,如果不给我一点什么帮助,一定不肯走开,即使走开也一定不会愉快,我为使他愉快起见,口虽不渴也要请他倒过一杯水来,自己作"扶起娇无力"状。有些道貌岸然的朋友,看见我就要脱离苦海,不免悟出许多佛门大道理,脸上愈发严重,一言不发,愁眉苦脸,对于这朋友我将来特别要借重,因为我想他于探病之外还适于守尸。

—— 疟 ——
病魔缠身，我将做些什么事才能把它忘记呢

对于一个生病的人，我们总有几分同情，除非我们是专门以人家的痛苦为自己的利益的那种人。我们看见一个面黄肌瘦伏枕呻吟的人，我们绝不会再嘲弄他。唯独对于一个患疟疾的人，则往往不然。患疟者发寒时，牙齿相击有声，发热时，身盖大被不暖，时而红头涨脸，时而面色上白，终于是面皮焦黄，目眶深陷，耳朵枯卷，脑壳曲缩得像一根棒槌儿似的，一副憔悴狼狈之态，引得旁观的女士窃窃失笑，其意若曰："看！看那个患疟的人！"

一般人并不是一定都硬心肠，并不一定那样缺乏同情心。一般人以为疟不致命，时间时歇地发作轮回，把人弄得三分像人七分像鬼，几十个金鸡腊霜落肚之后，依然一条好汉，这就如同看见踏着香蕉皮跌得四脚朝天，有些行人也不免要报之以大笑一般，所以疟更常常成为被人嘲笑的资料。

这种情形,自古已然,《世说新语》言语篇就有这样的记载:

中朝有小儿,父病,行乞药,主人问病,曰:"患疟也。"主人曰:"尊候明德君子,何以病疟?"答曰:"来病君子,所以为疟耳。"

好像一染疟疾,就证明其非君子的样子。这种病太讨厌了,既伤身体,又损盛德,苦痛艰难而为天下人笑!

旧传疟有疟鬼,躯体甚小,善为作祟,所以治疗的方法往往也就很玄妙,《唐诗纪事》有这样的记载:

有病疟者,子美曰:"吾诗可以疗之……'夜阑更秉烛,相对如梦寐。'"其人诵之,疟犹是也。曰:"更诵吾诗'子璋髑髅血模糊,手提掷还崔大夫'。"诵之,果愈。

其人是谁,罔无可考,我们觉得奇怪的是,杜子美既有这样的灵药在握,而且是两服,一服比一服凶,何以他老人家万里投荒,辗转川巴,直嚷"三年犹疟疾""疟疠三秋孰可忍",而不知道诵一遍他自己的诗?杜子美之"太瘦生",我想大概就不是为了"作诗苦",恐怕就是疟疾闹的。不过话说回来,杜诗疗疟,其事确有可征。有一位卢元昌先生,他自称:

乙巳秋，余病疟甚，客告曰："世传杜少陵诗（子璋髑髅血模糊）句诵之可止疟。"予怪之，继而稽诸集，乃少陵《戏作花卿歌》中句也。遂辍药杵，将全集从头潜咏之，未两卷，予忘乎疟，疟竟止。

这位卢先生真是健忘，读诗而把病都忘了。这种治疗法胜似药杵多多。查近人似乎也有应用此种精神治疗法的，临到将要发病之际，辄外出寻药，据云并不甚验。

我们北地人从来不知疟为何物，儿时读《水浒》，读到武松患疟，蹲在屋檐下烤火盆，宋江不留心一脚踢翻了炭盆，给武松吓出一身汗，病也好了，读到这一段总觉得怪好笑的，总以为这是小说里的事，如今天下不靖，丧乱之余，疟鬼也跟着人而远走四方，像我住在北地的人而亦不免为疟鬼所苦了。病魔缠身，我将做些什么事才能把它忘记呢？

---- 梦 ----
大致讲来，好梦难成，而噩梦连连

《庄子·大宗师》："古之真人，其寝不梦。"注："其寝不梦，神定也，所谓至人无梦是也。"做到至人的地步是很不容易的，要物我两忘，"嗒然若丧其偶"才行，偶然接连若干天都是一夜无梦，浑浑噩噩地睡到大天光，这种事情是常有的，但是长久地不做梦，谁也办不到。有时候想梦见一个人，或是想梦做一件事，或是想梦到一个地方，拼命地想，热烈地想，刻骨镂心地想，偏偏想不到，偏偏不肯入梦来。有时候没有想过的，根本不曾起过念头的，而且是荒谬绝伦的事情，竟会窜入梦中，突如其来，挥之不去，好惊、好怕、好窘、好羞！至于我们所企求的梦，或是值得一做的梦，那是很难得一遇的事，即使偶有好梦，也往往被不相干的事情打断，蘧然而觉。大致讲来，好梦难成，而噩梦连连。

我小时候常做的一种梦是下大雪。北国冬寒，雪虐风饕原是常事，哪有一年不下雪的？在我幼小心灵中，对于雪没有太大的震撼，顶多在院里堆雪人、打雪仗。但是我一年四季之中经常梦雪，差不多每隔一二十天就要梦一次。对于我,雪不是"战退玉龙三百万,败鳞残甲满天飞"(张承吉句),我没有那种狂想。也没有白居易"可怜今夜鹅毛雪,引得高情鹤氅人"那样的雅兴。更没有柳宗元"独钓寒江雪"的那份幽独的感受。雪只是大片大片的六出雪花,似有声似无声地、没头没脑地从天空筛将下来。如果这一场大雪把地面上的一切不平都匀称地遮覆起来,大地成为白茫茫的一片,像韩昌黎所谓"坳中初盖底,垤处遂成堆",或是相传某公所谓的"黑狗身上白,白狗身上肿",我一觉醒来便觉得心旷神怡,整天高兴。若是一场风雪有气无力,只下了薄薄一层,地面上的枯枝败叶依然暴露,房顶上的瓦垄也遮盖不住,我登时就会觉得哽结,醒后头痛欲裂,终朝寡欢。这样的梦我一直做到十四五岁才告停止。

紧接着常做的是另一种梦,梦到飞。不是像一朵孤云似的飞,也不是像抟扶摇而上九万里的大鹏,更不是徐志摩在《想飞》一文中所说的"飞上天空去浮着,看地球这弹丸在太空里滚着,从陆地看到海,从海再看回陆地,凌空去看一个明白",我没有这样规模的豪想。我梦飞,是脚踏实地两腿一弯,向上一纵,就离了地面,起先是一尺来高,渐渐上升一丈开外,两脚轻轻摆动,就毫不费力地越过了影壁,从一个小院窜到另一个小院,左旋右转,夷犹如意。这样的梦,我经常做,像彼得·潘"那个永远长不大的孩子",说飞就飞,来去自如。醒来之后,就觉得浑身通泰。若是在梦里两腿一踹,竟飞不起来,身像铅一般的重,那么醒来就非常沮丧，一天不痛快。这样的梦做到十八九岁就不再有了。大概是彼得·潘已经长大，而我像是雪莱《西风颂》所说的："落在人生的荆棘上了！"

成年以后，我过的是梦想颠倒的生活，白天梦做不少，夜梦却没有什么可说的。江淹少时梦人授以五色笔，由是文藻日新。王珣梦大笔如椽，果然成大手笔。李白少时笔头生花，自是天才瞻逸，这都是奇迹。说来惭愧，我有过一支小小的可以旋转笔芯的四色铅笔，我也有过一幅朋友画赠的《梦笔生花图》，但是都无补于我的文思。

我的亲人、我的朋友送给我的各式各样的大小粗细的笔，不计其数，就是没有梦见过五色笔，也没有梦见过笔头生花。至于黄帝之梦游华胥、孔子之梦见周公、庄子之梦为蝴蝶、陶侃之梦见天门，不消说，对我更是无缘了。我常有噩梦，不是出门迷失，找不着归途，到处"鬼打墙"，就是内急找不到方便之处，即使找到了地方也难得立足之地，再不就是和恶人打斗而四肢无力，结果大概都是大叫一声而觉。像黄粱梦、南柯一梦……那样的丰富经验，纵然是梦不也是很快意吗？

梦本是幻觉，迷离惝恍，与过去的意识或者有关，与未来的现实应是无涉，但是自古以来就把梦当兆头。晋皇甫谧《帝王世纪》说：黄帝做了两个大梦，一个是"大风吹天下之尘垢皆去"，一个是"人执千钧之弩驱羊万群",于是他用江湖上拆字的方法占梦,依前梦"得风后于海隅,登以为相",依后梦"得力牧于大泽,进以为将"。据说黄帝还著了《占梦经》十一卷。假定黄帝轩辕氏是于公元前二六九八年即帝位,他用什么工具著书,其书如何得传,这且不必追问。《周礼·春官》证实当时有官专司占梦之事:"观天地之会,辨阴阳之气,以日月星辰,占六梦之吉凶,一曰正梦,二曰噩梦,三曰思梦,四曰寤梦,五曰喜梦,六曰惧梦。"后世没有占梦的官,可是梦为吉凶之兆,这种想法仍深入人心。如今一般人梦棺材,以为是升官发财之兆;梦粪便,以为黄金万两之征。何况自古就有传说,梦熊为男子之祥,梦兰为妇人有身,甚至梦见自己的肚皮生出一棵大松树,谓为将见人君,真是痴人说梦。

第四部分

柴米油盐，平淡而不失品味

—— 了生死 ——
所谓生死，不了断亦自了断，无能为力

信佛的人往往要出家。出家所为何来？据说是为了一大事因缘，那就是要"了生死"。在家修行，其终极目的也是为了要"了生死"。生死是一件事，有生即有死，有死方有生，"了"即是"了断"之意。生死流转，循环不已，是为轮回，人在轮回之中，纵不堕入恶趣，生、老、病、死四苦煎熬亦无乐趣可言。所以信佛的人要了生死，超出轮回，证无生法忍。出家不过是一个手段，习静也不过是一个手段。

但是生死果然能够了断么？我常想，生不知所从来，死不知何处去，生非甘心，死非情愿，所谓人生只是生死之间短短的一橛。这种看法正是佛家所说"分段苦"。我们所能实际了解的也正是这样。波斯诗人峨谟伽耶姆的四行诗恰好说出了我们的感觉：

Into this universe, and why not knowing,
Nor whence, like water willy-nilly flowing;

And out of it, as wind along the waste,

I know not whither, willy-nilly blowing.

不知为什么，亦不知来自何方，
就来到这世界，像水之不自主地流；
而且离了这世界，不知向哪里去，
像风在原野，不自主地吹。

"我来如流水，去如风"，这是诗人对人生的体会。所谓生死，不了断亦自然了断，我们是无能为力的。我们来到这世界，并未经我们同意，我们离开这世界，也将不经我们同意。我们是被动的。

人死了之后是不是万事皆空呢？死了之后是不是还有生活呢？死了之后是不是还有轮回呢？我只能说不知道。使哈姆雷特踌躇不决的也正是这一段疑情。按照佛家的学说，"断灭相"绝非正知解。一切的宗教都强调死后的生活，佛教则特别强调轮回。我看世间一切有情，是有一个新陈代谢的法则，是有遗传嬗递的迹象，人恐怕也不是例外，长江后浪推前浪，一代新人换旧人，如是而已。又看佛书记载轮回的故事，大抵荒诞不经，可供谈助，兼资劝世，是否真有其事殆不可考。如果轮回之说尚难证实，则所谓了生死之说也只是可望不可即的一个理想了。

我承认佛家了生死之说是一崇高理想。为了希望达到这个理想，佛教徒制定许多戒律，所谓根本五戒、沙弥十戒、比丘二百五十戒，这还都是所谓"事戒"，菩萨十重四十八轻戒之"性戒"尚不在内。这些戒律都是要我们在此生此世来身体力行的。能彻底实行戒律的人方有希望达到"外息诸缘，内心无喘"的境界。只有切实地克制情欲，方能逐渐地做到"情枯智讫"的功夫。所有的宗教无不强调克己的修养，斩断情根，裂破俗网，然后才能湛然寂静，明心见性。就是佛教所斥为外道的种种苦行，也无非是戒的意思，不过做得过分了些。中古基督教也有许多不近人情的苦修方法。凡是宗教都是要人收敛内心截除欲念。就是伦理的哲学家，也无不倡导多多少少的克己的苦行。折磨肉体，以解放心灵，这道理是可以理解的。但是以爱恨为生死之源，而且自无始以来因积业而生死流转，非斩断爱根无以了生死，这一番道理便比较地难以实证了。此生此世持戒，此生此世受福，死后如何，来世如何，便渺茫难言了。我对于在家修行的和出家修行的人们有无上的敬意。由于他们的参禅看教，福慧双修，我不怀疑他们有在此生此世证无生法忍的可能，但是离开此生此世之后是否即能往生净土，我很怀疑。这净土，像其他的被人描写过的天堂一样，未必存在。如果它是存在，只是存在于我们的心里。

西方斯多亚派哲学家所谓个人的灵魂于死后重复融合到宇宙的灵魂里去，其种种信念也无非是要人于临死之际不生恐惧，那说法虽然简陋，却是不落言筌。蒙田说:"学习哲学即是学习如何去死。"如果了生死即是了解生死之谜,从而获致大智大勇,心地光明,无所恐惧,我相信那是可以办到的。所以在我的心目中,宗教家乃是最富理想而又最重实践的哲学家。至于了断生死之说,则我自惭劣钝,目前只能存疑。

―― 厨房 ――
绝大多数的女人是被禁锢在厨房里

从前有教养的人家子弟,永远不走进下房或是厨房,下房是仆人起居之地,厨房是庖人治理膳馐之所,湫隘卑污,故不宜厕身其间。厨房多半是在什么小跨院里,或是什么不显眼的角落(旮旯儿),而且常常是邻近溷厕。孟子有"君子远庖厨"之说,也是基于"眼不见为净"的道理。在没有屠宰场的时候,杀牛宰羊均须在厨中举行,否则远庖厨做甚?尽管席上的重珍兼味美不胜收,而那调和鼎鼐的厨房却是龌龊脏乱,见不得人。试想,煎炒烹炸,油烟弥漫而无法宣泄,烟熏火燎,煤渣炭屑经常地月累日积,再加上老鼠横行,蚊蝇乱舞,蚂蚁蟑螂之无孔不入,厨房焉得不脏?当然厨房也有干净的,想郇公厨香味错杂,一定不会令人望而却步,不过我们的传统厨房多少年来留下的形象,大家心里有数。

埃及废王法鲁克,当年在位时,曾经游历美国,看到美国的物质文明,光怪陆离,目不暇给,对于美国家庭的厨房之种种设备,尤其欢喜赞叹。临归去时,他便订购了最豪华的厨房设备全套,运回国去。他的眼光是很可佩服的，他选购的确是美国文化精粹的一部分。虽然那一套设备运回去之后，曾否利用，是否适用，因为没有情报追踪，我们不得而知，但是我们知道埃王陛下一顿早点要吃二十个油煎荷包蛋，想来御膳的规模必不在小，美国式家庭厨房的设备是否能胜负荷，就很难说。

美式厨房是以主妇为中心而设计的。所占空间不大，刚好容主持中馈的人站在中间有回旋的余地。炉灶用电，不冒烟，无气味，下面的空箱放置大大小小煮锅和平底煎锅，俯拾即是。抬头有电烤箱或是微波烤箱，烤鸡烤鸭烤盆菜，烘糕烘点烘面包，自动控制，不虞烧焦。左手有沿墙一般长的料理台，上下都是储柜抽屉，用以收藏盘碗餐具，墙上有电插头，供电锅、烤面包器、绞肉机、打蛋器之类使用。台面不怕刀切不怕烫。右边是电冰箱，一个不够可以有两个。转过身来是洗涤槽，洗菜洗锅洗碗，渣渣末末的东西（除了金属之外）全都顺着冷热水往下冲，开动电钮就可以听见呼噜呼噜的响，底下一具绞碎机（disposal）发动了，把一槽的渣滓弃物绞成了碎泥冲进下水道里，下水道因此无阻塞之虞。左手有个洗碗机，冲干净了的碟碗插列其间，装上肥皂粉，关上机门开动电钮，盘碗便自动洗净而且吹干。在厨做饭的人真是有左右逢源进退自如之感。

美式厨房也非尽善尽美。至少寓居美国而坚持不忘唐餐的人就觉得不大方便。唐餐讲究炒菜，这个"炒"字是美国人所不能领略的。炒菜要用锅,尖底的铁锅(英文为wok,大概是粤语译音),西式平底锅只宜烙饼煎蛋,要想吃葱爆牛肉片、榨菜炒肉丝什么的,非尖底锅不办,否则翻翻搅搅掂掂那几下子无从施展。而尖底锅放在平平的炉灶上,摇摇晃晃,又非有类似"支锅碗"的东西不可,炒菜有时需要旺油大火,不如此炒出来的东西不嫩。过去有些中国餐馆大师傅,嫌火不够大,不惜舀起大勺猪油往灶口里倒,使得火苗骤旺,电灶火力较差,中国人用电灶容易把电盘烧坏,也就是因为烧得太旺太久之故。火大油旺,则油烟必多。灶上的抽烟机所发作用有限,一顿饭做下来,满屋子是油烟,寝室客厅都不能免。还有外国式的厨房不备蒸笼,所谓双层锅,具体而微,可以蒸一碗蛋羹而已。若想做小笼包,非从国内购运柳木制的蒸笼不可,一层屉不够要两三层,摆在电灶上格格不入。铝制的蒸锅,有干净相,但是不对劲。

  人在国外而顿顿唐餐,则其厨房必定走样。我有一位朋友,高尚士也,旅居美国多年,贤伉俪均善烹调,热爱我们的固有文化,蒸、炒、烹、煎,无一不佳。我曾叨扰郁厨,坐在客厅里,但见厨房门楣之上悬一木牌写着两行文字,初以为是什么格言之类,趋前视之,则是一句英文,曰:"我们保留把我们自己的厨房弄得乱七八糟的权利。"当然这是给洋人看的。我推门而入,所谓乱七八糟是谦辞,只是东西多些,大小铁锅蒸笼,油钵醋瓶,各式各样的作料器皿,纷然杂陈,随时待用。做中国菜就不能不有做中国菜的架势。现代化的中国厨房应该是怎个样子,尚有待专家设计。

我国自古以来，主中馈的是女人，虽然解牛的庖丁一定是男人。《易·家人》："无攸遂，在中馈，贞吉。"疏曰："妇人之道，巽顺为常，无所必遂，其所职主在于家中馈食供祭而已。"所以新妇三日便要入厨洗手做羹汤，多半是在那黑黝黝又脏又乱的厨房里打转一直到老。我知道一位缠足的妇人，在灶台前面一站就是几个钟头，数十年如一日，到了老年两足几告报废，寸步难移。谁说的男子可以不入厨房？假如他有时间、有体力、有健康的观念，应该没有阻止他进入厨房的理由。有一次我在厨房擀饺子皮，系着围裙，满手的面粉，一头大汗，这时候有客来访，看见我的这副样子大为吃惊，他说："我是从来不进厨房的，那是女人去的地方。"我听了报以微笑。不过他说的话不是没有事实根据，绝大多数的女人是被禁锢在厨房里，而男人不与焉。今天之某些职业妇女常得意忘形地讽主持中馈的人为"在厨房上班"。其实在厨房上班亦非可耻之事，我们的母亲祖母曾祖母有几个不在厨房上班？在妇女运动如火如荼的美国，妇女依然不能完全从厨房里"解放"出来。记得某处妇女游行，有人高举木牌，上面写着"停止烧饭，饿死那些老鼠！"老鼠饿不死的，真饿急了他会乖乖地自己去烧饭。

—— 五斗米 ——
不能为五斗米道折腰

陶渊明为彭泽令，郡遣督邮至县，县吏说应束带见之，陶叹曰："我不能为五斗米折腰向乡里小人！"即日解印绶去职，赋《归去来兮辞》。这一段事各传都有记载，字句偶略有出入。五斗米一向被认为是指县令之俸禄。

而近阅坊间翻印《中华艺林丛论》第七册二三五页有《读陶渊明偶记》一文，据悉作者为张宗祥，对于五斗米一词有不同的解释，其言曰：

按晋代官制，县令六百石，列第七品。即为小县，俸禄亦不止此数，盖即以五斗米为一日之俸，月仅十五石，年仅一百八十石，距六百石之数尚远也。且渊明……所言因贫求为县令，且思任满一年然后去职，无非急于救穷。如果令俸仅止五斗，安能有所补益？盖晋时衡量每斗仅合现在三升有奇，五斗实仅抵现在一斗六七升而已。且彭泽虽小县，渊明虽为版授之官，亦不合所得俸禄，与当时官制相差甚远。然后人叙此事皆以渊明为高尚，故舍官禄而去。……考晋代崇尚黄老，笃信服食，道教风行，盛极一时。当时士族，归之者众，即王羲之辈亦为其中信徒之一。五斗米者，实即汉末蜀中张氏之徒所奉教名，而非官俸之数。渊明出身寒门，习于劳苦，幼宗儒家之说，佛、道二家，皆所深疾。以远公名德，破戒置酒相邀，尚且不入莲社，则道教支流之五斗米教，渊明之不愿趋侍明矣。意者督邮实此教信徒，故渊明深恶而痛疾之，且斥之为乡里小人乎？

依此新解，渊明解印绶去职不是为了官微俸薄犹须趋事乡里小儿，是因督邮乃一五斗米道之信徒。似此尚不能无疑。首先，东汉张陵在蜀学道，从学者出五斗米，因号五斗米道，亦称米贼。我们于此应该注意：就文义而言，我们可以说渊明不能向信仰五斗米道之信徒（或米贼）折腰，或简说不能为五斗米道折腰，亦尚无不可，却不可以说为五斗米折腰。因为五斗米乃信徒向教主所缴纳之物，并非是"汉末蜀中张氏之徒所奉教名"。严格从字面上讲，"不能为五斗米折腰"，依此新解岂不是说"不能为了缴纳区区五斗米折腰"了吗？督邮为郡之佐吏，犹今之视察。渊明自视甚高，屈为县令，在他眼里这位顶头上司派来的视察专员遂被形容成为乡里小儿。"不怕官，就怕管"，这位督邮是正管着他的。

孟浩然《京还赠张维》诗："欲徇五斗禄，其如七不堪。"上句指陶渊明的故事，下句引嵇康《与山巨源绝交书》的典故。难道孟夫子也是把五斗米错认为五斗禄？五斗禄显然是指俸禄微薄的小官。五斗，盖言其微少，并不实指俸禄之数额。文字有时夸张，大者说得特别大，小者说得特别小，如是而已。官再小，其俸禄也小不到五斗米之数。

与五斗禄相似的其他名词在文学作品里也常见，例如：《后汉书·郭太传》："林宗曰，大丈夫焉能处斗筲之役乎？"若一定说斗是十升，筲是一斗二升，岂不甚凿？韩愈《祭十二郎文》："故舍汝而旅食京师，以求斗斛之禄。"韩文公俸给所得真的是一斗一斛？苏东坡《上枢密韩太尉书》："向之来，非有取于斗升之禄。"也是极言其微罢了。

五斗既是形容其微薄，为什么偏要说"五"？也许是因为五乃中数，五乃阳数，说起来便当吧？

—— 钱的教育 ——
钱不但满足物质需要，还要顾及内心的平安

《乌托邦》的作者告诉我们说，在理想的国里，小孩子拿金钱当作玩具，孩子们可以由性地大把地抓钱，顺手丢来丢去地玩。其用意在使孩子把金钱看成司空见惯的东西，久之便会觉得金钱这东西稀松平常，长大了之后自然也就不会过分地重视金钱，贪吝的毛病也就可以不至于犯了。这理想恐怕终归是个理想吧？小孩子没有不喜欢耍枪弄棒的，长大之后更容易培养出尚武的精神。小孩子没有不喜欢飞机模型的，长大之后很可能对航空发生很大的兴趣。所以幼习俎豆，长大便成圣贤，这种故事不能不说有几分道理。小时候在钱堆里打滚，大了便不爱钱，这道理我却不敢深信。

事实上一般小孩子们所受的关于钱的教育，都是培养他对于钱的爱好。我们小时候，玩的不是钱，而常常是装钱的扑满。门口过来了一个小贩，吆喝着："小盆儿啊小罐儿啊！"往往不经我们的请求，大人就给买一个瓦制的小扑满。大人告诉我们，把钱一个个地放进那个小孔里面，积着，积着，积满了之后"扑"的一声摔碎，便可以有笔大钱。那

一笔钱做什么用？从来没有人告诉我们。以我个人而论，我拿到一个扑满之后，我却是被这个古怪的玩意儿所诱惑了，觉得怪有趣的，恨不得能立刻把它填满，我憧憬着将来有一天摔碎它时的那种快乐。我手里难得有钱，钱是在父亲屋里的大木柜里锁着的，我手里的钱只有三种来源：一是过年时的压岁钱，或是客人来时给的红纸包的钱；一是自己生辰家里长辈给的钱；一是从每日点心费里积攒下来的节余。有一点儿富余的钱，便急忙投进扑满，"当"的一声，怪好玩儿的。起初我对于这小小的储蓄银行很感兴趣，不时地取出来摇摇，从那个小孔往里面窥看。但是不久我就恍然，我是被骗了，因为我在想买冰糖葫芦或是糯米藕的时候，才明白那扑满里的钱是无法取出来用的，那窟窿太小，倒是倒不出来，用刀子拨也拨不出来，要摔又不敢，我开始明白这不是一个玩具，这是一个强迫储蓄的一种陷阱。金钱这东西为什么是那样的宝贵，必须如此周密地储藏起来呢？扑满并没有给我养成储蓄的美德，它反倒帮助我对于钱发生一种神秘的感觉。

有人主张绝对不给孩子们任何零钱，一切糖果玩具都已准备齐全，当然无从令孩子们去学习挥霍的本领。铜臭是越晚沾染人的双手越好。可是这种办法也有时效的限制，一离开家之后任何孩子都会立刻感觉到钱的重要。我小的时候，每天上学口袋里放两个铜板，到学校可以买两套烧饼油条做早点吃，我本来也没有别的欲望，但是过了两天，学校门口来了一个卖糯米藕的小贩，围了一圈的小顾客，我挤进去一看，那小贩正在一片一片地切着一橛赭中带紫的东西，像是藕，可是孔里又塞着东西，切好之后浇一小勺红糖汁和一小勺桂花，令人馋涎欲滴！我咽了一口唾沫之后退出来了。第二天仗着胆子去买一碟尝尝，却料不到起码要四个铜板才肯卖。我忍了两天没吃早点换到了一碟这个无名的美味。这是我有生以来第一次感觉到钱的用处，第一次感觉到没有钱的苦处。我相当地了解了钱的神秘。

钱的用处比较容易明白，钱从什么地方来，便比较难以了解。父母的柜子里皮包里，不断地有钱的补充。但是从哪里来的呢？有人主张用实验的方法教导孩子：不工作便没有钱。于是他们鼓励孩子们服务，按服务的多寡优劣而付给报酬。芟除庭草，一角钱；汲水浇花，一角钱；看家费，一角钱；投邮费，一角钱……这种办法有好处，可以让孩子知道钱不是白给的，是劳动换来的。但是也有流弊，"没有钱便不工作"。我看见过很多人家的孩子，不给钱便不肯写每天一页的大字，不给钱便死抱着桌腿不肯上学，不给钱便撒泼打滚不给你一刻安静的工夫去睡觉。这样，钱的报酬的功用已经变成为贿赂的功用了！"没有钱便不工作"，这原则并不错，不过在家庭里应用起来，便抹杀了人与人之间的情分，似乎是太早地戕贼了人的性灵了。

如果把钱的教育写成一本大书，我想也不过是上下二卷，上卷是钱怎样来，下卷是钱怎样去。

钱怎样来，只能由上一辈的人做一个榜样给下一辈的人看。示范的作用很大，孩子们无须很早地就实习。如果一个人的人生观和宇宙观都是从钱的方孔里望出去的，我相信他的孩子们一定会有一套拜金主义的心理。如果一个人用各种欺骗舞弊的方法把钱弄到家里而并不脸红，而且扬扬得意地自诩为能，甚而给孩子们也分润一点儿油水，我想这也就是很有效的一种教育，孩子长大必定也会有从政经商的全副的本领。所谓家学渊源，在这一方面也应用得上。讲到钱的去处，孩子们的意见永远不会和上一辈的相同，年轻人总觉得父母把钱系在肋骨上，每个大钱拿下来都是血淋淋的。钱永远没有足够的时候。正当的用钱的方法，是可以从小就加以训练的。有人主张，一个家庭的经济应该对孩子们公开，月底召开一次家庭会议，懂事的孩子们全都列席，家长报告账目和预算，让大家公开讨论。在这民主的形式之下，孩子们会养成一种自尊。大姊姊本来吵着买大衣，结果会自动放弃，移做弟弟妹妹买皮鞋用，大哥哥本来争着要置自行车，结果也会自动放弃，移做冬天买煤之用。这是良好习惯的养成。钱用在最需要的地方去。钱不但满足自己的物质的需要，钱还要顾及自己的内心的平安。这样的用钱的方法，值得一试。孩子们不一定永远是接受命令，他也可以理解。

——钱——
事在人为，钱无雅俗可辨

钱这个东西，不可说，不可说。一说起阿堵物，就显着俗。其实钱本身是有用的东西，无所谓俗。或形如契刀，或外圆而孔方，样子都不难看。若是带有斑斑绿锈，就更古朴可爱。稍晚的"交子""钞引"以至于近代的纸币，也无不力求精美雅观，何俗之有？钱财的进出取舍之间诚然大有道理，不过贪者自贪，廉者自廉，关键在于人，与钱本身无涉。像和峤那样的爱钱如命，只可说是钱癖，不能斥之曰俗；像石崇那样的挥金似土，只可说是奢汰，不能算得上雅。俗也好，雅也好，事在人为，钱无雅俗可辨。

有人喜集邮，也有人喜集火柴盒，也有人喜集戏报子，也有人喜集鼻烟壶，也有人喜集砚、集墨、集字画古董，甚至集眼镜、集围裙、集三角裤。各有所好，没有什么道理可讲。但是古今中外几乎人人都喜欢收集的却是通货。钱不嫌多，愈多愈好。庄子曰："钱财不积，则贪者忧。"岂止贪者忧？不贪的人也一样的想积财。

人在小的时候都玩过扑满，这玩意儿历史悠久，《西京杂记》："扑满者，以土为器，以蓄钱，有入窍而无出窍，满则扑之。"北平叫卖小贩，有喊"小盆儿小罐儿"的，担子上就有大大小小的扑满，全是陶土烧成的，"形状不雅，一碰就碎"。虽然里面容不下多少钱，可是孩子们从小就知道储蓄的道理了。外国也有近似扑满的东西，不过通常不是颠扑得碎的，是用钥匙可以打开的，多半作猪形，名之为"猪银行"。不晓得为什么选择猪形，也许是取其大肚能容吧？

我们的平民大部分是穷苦的，靠天吃饭，就怕干旱水涝，所以养成一种饥荒心理："常将有日思无日，莫待无时思有时。"储蓄的美德普遍存在于各阶层。我从前认识一位小学教员，别看她月薪只有区区三十余元，她省吃俭用，省俭到午餐常是一碗清汤挂面洒上几滴香油，二十年下来，她拥有两栋小房（谁忍心说她是不劳而获的资产阶级）。我也知道一位人力车夫，劳其筋骨，为人做马牛，苦熬了半辈子，携带一笔小小的资财，回籍买田娶妻生子做了一个自耕的小地主。这些可敬的人，他们的钱是一文一文积攒起来的。而且他们常是量入为储，每有收入，不拘多寡，先扣一成两成作为储蓄，然后再安排支出。就这样，他们爬上了社会的阶梯。

"人无横财不富，马无夜草不肥。"话虽如此，横财逼人而来，不是人人唾手可得，也不是全然可能泰然接受的。"腰缠十万贯，骑鹤上扬州",只是一相情愿的想法,暴发之后,势难持久,君不见:显宦的孙子做了乞丐,巨商的儿子做了龟奴?及身而验的现世报,更是所在多有。钱财这个东西,真是难以捉摸,聚散无常。所以谚云:"积财千万,不如薄技在身。"

钱多了就有麻烦,不知放在哪里好。枕头底下没有多少空间,破鞋窠里面也塞不进多少。眼看着财源滚滚,求田问舍怕招物议,多财善贾又怕风波,无可奈何只好送进银行。我在杂志上看到过一段趣谈:"印第安人酋长某,平素聚敛不少,有一天有了一大口袋钞票存入银行,定期一年,期满之日他要求全部提出,行员把钞票一叠一叠地堆在柜台上,有如山积。酋长看了一下,徐曰:'请再续存一年。'行员惊异,既要续存,何必提出?酋长说:'不先提出,我怎么知道我的钱是否安然无恙地保存在这里?'"这当然是笑话,不过我们从前也有金山银山之说,却是千真万确的。我们从前金融执牛耳的大部分是山西人,票庄掌柜的几乎一律是老西儿。据说他们家里就有金山银山。赚了金银运回老家,熔为液体,泼在内室地上,积年累月一勺一勺地泼上去,就成了一座座亮晶晶的金山银山。要用钱的时候凿下一块就行,不虞盗贼光顾。没亲眼见过金山银山的人,至少总见过冥衣铺用纸糊成的金童玉女金山银山吧?从前好像还没有近代恶性通货膨胀的怪事,然而如何维护既得的资财,也已经是颇费心机了。如今有些大户把钱弄到某些外国去,因为那里的银行有政府担保,没有倒闭之虞，而且还为存户保密，真是服务周到极了。

善居积的陶朱公，人人羡慕，但是看他变姓名游江湖，其心理恐怕有几分像是挟巨资逃往国外做寓公，离乡背井的，多少有一点不自在。所以一个人尽管贪财，不可无厌。无冻馁之忧，有安全之感，能罢手时且罢手，大可不必"人为财死"而后已，陶朱公还算是聪明的。

钱，要花出去，才发生作用。穷人手头不裕，为了住顾不得衣，为了衣顾不得食，为了食谈不到娱乐，有时候几个孩子同时需要买新鞋，会把父母急得冒冷汗！贫窭到这个地步，一个钱也不能妄用，只有牛衣对泣的份。小康之家用钱大有伸缩余地，最高明的是不求生活水准之全面提高，而在几点上稍稍突破，自得其乐。有人爱买书，有人爱买衣裳，有人爱度周末，各随所好。把钱集中用在一点上，便可比较容易适度满足自己的欲望。至于豪富之家，挥金如土，未必是福，穷奢极欲，乐极生悲，如果我们举例说明，则近似幸灾乐祸，不提也罢。纪元前五世纪雅典的泰蒙，享尽了人间的荣华富贵，也吃尽了世态炎凉的苦头，他最了解金钱的性质，他认识了金钱的本来面目，钱是人类的公娼！与其像泰蒙那样疯狂而死，不如早些疏散资财，做些有益之事，清清白白，赤裸裸来去无牵挂。

—— 信用卡 ——

不习惯举债的人，也不愿意使用信用卡

二十年前，一位从来足未出国门一步的朋友，移民到了美国，数年后回国游玩，见了亲友就从怀中取出一叠信用卡，不下七八张之多，向大家炫示。或问此物做何用途，答曰："就凭这个东西，我身上不带一文钱，即可游遍天下。"话虽夸张，却也有几分近于实情。

信用卡就是商业机构发行的一种证明卡片，授权持有人凭卡到各特约商店用记账方式购买物品或服务。通常是按月结账，当然要加上一点儿服务费用。这样，买东西就很方便。一个主妇在超级市场买日用品，堆满一小车，到出口算账，出示信用卡即可不必开支票，更无须付现，而且通常还可取得十元现钞做零用，一起算在账内。我的这位朋友买飞机票回国，也是使用信用卡。

用信用卡买东西等于是赊账，先享用后付钱。但是要负担服务费，等于付利息。而且有了信用卡，有些顾头不顾尾的人不免忘其所以地大事采

购。等到月底结算,账单如雪片飞来,就发急得干瞪眼。"借钱如白捡,还钱认丧气。"把信用卡欠下的账还清,可能一个月的收入所余无几。下个月手头空空,依然可以用信用卡度日。欠欠还还,还还欠欠,一年到头过着"虱多不痒,债多不愁"的日子。这就是一般美国人的生活方式。如今这个制度也传到我们国内,不过推行尚不甚广。

在美国几乎人人有信用卡,而且不止一张。如果一个人没有信用卡,有时候就要遭遇困难。因为美国没有身份证,信用卡就可以证明身份。当初申请信用卡是经过一番相当严密的查证手续的,有无职业、固定薪给若干,以及种种相关事项都要查得一清二楚。所以信用卡表示一个人的信用,也表示他有偿债的能力。一个人在美国非欠债不可,不欠债即无从表示其有偿债的能力。信用卡比身份证还有用。

这和我们的国情不大相合。我们传统的想法是在交易之际一手交钱一手交货,银货两讫,清清楚楚。许多饮食店都贴着一张字条:"小本经营,概不赊欠。"遇到白吃客硬要挂账,可能引起一场殴斗。可是稍大一点儿的餐馆,也有所谓签账之说,单凭签个字,就可抹抹嘴扬长而去。这些豪客大半都是有来历的人,不签字记账不足以显出威风。餐馆老板强作笑颜,心里不是滋味。

从前我们旧社会不是没有欠账的制度。例如在北平，从前户口没有大的流动，老的商店都拥有一批老主顾。到饭馆去吃饭，柜上打电话到酒庄："某某胡同的X二爷在我们这里，送两斤花雕来。"酒庄就知道X二爷平素爱喝的是多少钱一斤的酒，立刻就送了过去，钱记在X二爷的账上。欠账不是什么好事，唯独喝酒欠账，自古以来，就可以大言不惭地行之若素，杜工部不是说"酒债寻常行处有"，陆放翁不是也说"村酒可赊常痛饮"吗？

不要以为人穷志短才觍着脸去欠债，事实上越是长袖善舞的人越常欠债，而且债额大得惊人。俗语说"债台高筑"，形容人的负债之多。其实所谓"债台"并不是债务累积得像一座高台。"债台"乃是逃债之台。战国时，周赧王欠债甚多而无法清债，而债主追索甚急，王乃逃往谪台以避债。谪台，亦作谪台，古代宫中之别馆。汉书有云"逃责之台"，责即是债。古时就有逃债之说，不过只是躲在宫中别馆里而已，远不及我们现代人的逃债之高明，挟巨资远走高飞到海外做寓公！

由信用卡说到欠债，好像扯得太远了。其实是一桩事。不习惯举债的人，大概也不愿意使用信用卡。信用卡一旦遗失被窃或被仿造，还可能引起麻烦。

—— 小账 ——

钱就是规矩，有钱人不守规矩

小账是我们中国的一种坏习惯，在外国许多地方也有小账，但不像我们的小账制度那样的周密、认真、麻烦，常常令人不快。我们在饭馆里除了小账加一之外还要小账，理发洗澡要小账，坐轮船火车要小账，雇汽车要小账，甚而至于坐人力车坐轿子，车夫轿夫也还会要饶一句："道谢两白钱！"

小账制度的讨厌在于小账没有固定的数目，给少了固然要遭白眼，给多了也是不妙，最好是在普通的数目上稍微多加那么一点点，庶几可收给小账之功而不被诮为猪头三。然而这就不容易，这需要有经验，老门槛。

在有些地方，饭馆的小账是省不得的，尤其是在北方，堂倌客气得很，你的小账便也要相当的慷慨。小账加一，甚至加二、加三、加四、加五，堂倌便笑容可掬，鞠躬如也，你才迈出门坎，就听见堂倌直着脖子大叫:"送座,小账×元×角!"声音来得雄壮,调门来得高亢,气势来得威武,并且一呼百诺,一阵欢声把你直送出大门口,门口旁边还站着个把肥头胖耳的大块头,满面春风地弯腰打躬。小账之功效,有如此者。假如你的小账给得太少,譬如吃了九角八分面你给大洋一元还说"不用找啦",那你就准备着看一张丧气的脸罢!堂倌绝不隐恶扬善,他是很公道的,你的"恶"他也要"扬"一下,他会怪声怪气地大吼一声:"小账二分……"门外还有人应声:"啊!二分!谢谢!"你只好臊不搭地溜之乎也。听说有一个人吃完饭放了二分钱在桌上,堂倌性急了一点儿,大叫:"小账二分!"那个人恼羞成怒,把那两分钱拿起来放进衣袋去,堂倌接着又叫:"又收回去了!"

一个外国传教士曾记载着:

中国的客栈饭馆和澡堂一类场所有一种规矩,就是在客人付账之后,接受银钱的堂倌一定要高声报告小账的数目,这种规矩表面上好像是替客人拉面子,表示他如何阔绰(或其反面),也确有初次出门的客人这样想的;但实际上是让其他的堂倌们知道,他并没有揩什么油,小账是大家平均分配的,经收的他是"涓滴归公"了的。(见潘光旦先生著:《民族特性与民族卫生》一四五页,商务版)这观察固然是很对的,但是多付小账能有意想不到之效力,也是事实。在饭馆多付几成小账,以后你去了便受特别优待,你要一盘烩虾仁,堂倌便会附耳过来说:"二爷,不用吃虾仁了,不新鲜!"虾仁究竟新鲜与否是另一问题,单是这一句话显得多么亲切有味!在澡堂里于六角之外另给小账六角,给过几次之后,你再去,堂倌老远地就望见你,心里说:"六角的来了!"

记得老舍先生有一篇小说,提起火车里的查票人的几副面孔,在三等车里两个查票人都板着面孔,在二等车里一个板面孔一个露笑脸,在头等车里两人都带笑容。我们不能不佩服老舍先生形容尽致。不过你们注意过火车上的小账没有?坐二三等车的人不能省小账,你给了之后茶房还会嘟嘟囔囔地说:"请你老再回回手!"你回了手之后,他还要咂嘴摇头,勉强算是饶了你这一遭,并不满意。可是在头等车里很少有此等事,小账随便给,并无闲话听。原因很简单,他不知你是何许人,不敢啰唆。轮船里的大餐间,也有类似情形。陇海线、浙赣线均不许茶房收小账,规矩很好,有些花钱的老爷们偏要破坏这规矩,其实是不该的。

考小账制度之所以这样发达,原因不外乎两个,一个是劳苦的工役薪俸太低,一个是有钱的人要凭借金钱的势力去买得格外的舒服。

劳力者的待遇,就一般论,实在太低。出卖劳力的人,一个月的薪俸只有十块八块,这是很普通的事,每月挣五六块的薪金而每月分小账可以分列三五十元，这也是很普通的事。为了贪求小账，劳动者便不能不低声下气地去伺候顾主，这固然也有好处，然而这种制度对于劳动者是不公道的，因为小账近于"恩惠"，而不是应得的报酬。广东有许多地方不要小账，那精神是可取的。要取消小账制度，劳力者的人格才得更受尊敬。在业主方面着想，小账是最好不过，这负担是出自顾客方面，而且因此还可以把业主的负担（薪金）减轻。

富有的人并不嫌小账为多事。常言道："有钱能使鬼推磨。"有钱的人往往就想：我有钱，什么事都办得到，多费几个钱算什么！在北平听过戏的人应该知道所谓"飞票"。好戏上场，总是很晚的，富有阶级的人无须早临而得佳座，因为卖"飞票"的人在门口守候着，拿着预先包销的佳座的票子向你兜售，你只消比戏价多出百分之五十作小账，第二排、第三排便随你挑选，假如再多付一点儿小账，等一会儿还会有一小壶特别体己好茶送到你的跟前。有钱的人不必守规矩，钱就是规矩。火车站买票也是苦事，然而老于此道者亦无须着急，尽管到候车室里吸烟、品茶，茶房会从票房的后门进去替你办得妥妥帖帖，省你一身大汗，费你几角小账。只要有钱，就有办法。假如没有小账制度，有钱也是不成，大家都得守规矩，有钱的人和没钱的人不是平等了吗？

我提议：一、把劳苦的人的工资提高；二、把小账的制度取缔一下，例如饭馆既有堂彩加一的办法,就不必另收小账(改作加二也好);三、公用机关和大企业要首先倡导打破小账制度,这事说起来容易,一时自然办不到。可是我还要说!

吸烟
喷射毒雾，一副讨人嫌恶的样子

烟，也就是菸，译音曰淡巴菰。这种毒草，原产于中南美洲，遍传世界各地。到明朝，才传进中土，利马窦在明万历年间以鼻烟入贡，后来鼻烟就风靡了朝野。在欧洲，鼻烟是放在精美的小盒里，随身携带。吸时，以指端蘸鼻烟少许，向鼻孔一抹，猛吸之，怡然自得。我幼时常见我祖父辈的朋友不时地在鼻孔处抹鼻烟，抹得鼻孔和上唇都染上焦黄的颜色。据说能明目祛疾，谁知道？我祖父不吸鼻烟，可是备有"十三太保"，十二个小瓶环绕一个大瓶，瓶口紧包着一块黄褐色的布。各瓶品味不同，放在一个圆盘里，捧献在客人面前。我们中国人比欧人考究，随身携带鼻烟壶，玉的、翠的、玛瑙的、水晶的，精雕细镂，形状百出。有的山水图画是从透明的壶里面画的，真是鬼斧神工，不知是如何下笔的。壶有盖，盖下有小勺匙，以勺匙取鼻烟置一小玉垫上，然后用指端蘸而吸之。我家藏鼻烟壶数十，丧乱中只带出了一个翡翠盖的白玉壶，里面还存了小半壶鼻烟，百余年后，烈味未除，试嗅一小勺，立刻连打喷嚏不能止。

我祖父抽旱烟，一尺多长的烟管，翡翠的烟嘴，白铜的烟袋锅（烟袋锅子是塾师敲打学生脑壳的利器，有过经验的人不会忘记），著名的关东烟的烟叶子贮在一个绣花的红缎子葫芦形的荷包里。有些旱烟管四五尺长，若要点燃烟袋锅子里的烟草，则人非长臂猿，相当吃力，一时无人伺候则只好自己划一根火柴插在烟袋锅里，然后急速掉过头来抽吸。普通的旱烟管不那么长，那样长的不容易清洗。烟袋锅子里积的烟油，常用以塞进壁虎的嘴巴置之于死。

我祖母抽水烟。水烟袋仿自阿拉伯人的水烟筒（hookah），不过我们中国制造的白铜水烟袋，形状乖巧得多。每天需要上下抖动的冲洗，呱哒呱哒的响。有一种特制的烟丝，兰州产，比较柔软。用表心纸揉纸媒儿，常是动员大人孩子一齐动手，成为一种乐事。经常保持一两只水烟袋作敬客之用。我记得每逢家里有病人，延请名医周立桐来看病，这位飘着胡须的老者总是昂首登堂直就后炕的上座，这时候送上盖碗茶和水烟袋，老人拿起水烟袋，装上烟草，"突"的一声吹燃了纸媒儿，呼噜呼噜抽上三两口，然后抽出烟袋管，把里面烧过的烟烬吹落在他的手心里，再投入面前的痰盂，而且投得准。这一套手法干净利落。抽过三五袋之后，呷一口茶，才开始说话："怎么？又是哪一位不舒服啦？"每次如此，活龙活现。

我父亲是饭后照例一支雪茄，随时补充纸烟，纸烟的铁罐打开来，

"嘶"的一声响，先在里面的纸签上写启用的日期，借以察考每日消耗数量不使过高，雪茄形似飞艇，尖端上打个洞，叼在嘴里真不雅观，可是气味芬芳。纸烟中高级者都是舶来品，中下级者如强盗牌在民初左右风行一时，稍后如白锡包、粉包，国产的联珠、前门等，皆为一般人所乐用。就中以粉包为特受欢迎的一种，因其烟支之粗细松紧正合吸海洛因者打"高射炮"之用。儿童最喜欢收集纸烟包中附置的彩色画片。好像是前门牌吧，附置的画片是《水浒传》一百零八条好汉的画像，如有人能搜集全套，可得什么什么的奖品，一时儿童们趋之若鹜。可怜那些热心的收集者，枉费心机，等了多久多久，那位及时雨宋公明就是不肯亮相！是否有人集得全套，只有天知道了。

常言道，"烟酒不分家"，抽烟的人总是桌上放一罐烟，客来则敬烟，这是最起码的礼貌。可是到了抗战时期，这情形稍有改变。在后方，物资艰难，只有特殊人物才能从怀里掏出"幸运""骆驼""三五""毛利斯"在侪辈面前炫耀一番，只有豪门仕女才能双指夹着一支细长的红嘴的"法蒂玛"忸怩作态。一般人吸的是"双喜"，等而下之的便要数"狗屁牌"（Cupid）香烟了。这渎亵爱神名义的纸烟，气味如何自不待言，奇的是卷烟纸上有涂抹不匀的硝，吸的时候会像儿童玩的烟火"滴滴金"噼噼啪啪的作响、冒火星，令人吓一跳。饶是烟质不美，瘾君子还是不可一日无此君，而且通常是人各一包深藏在衣袋里面，不愿人知是何牌，要吸时便伸手入袋，暗中摸索，然后突地抽出一支，点燃之后自得其乐。一听烟放在桌上任人取吸，那种场面不可复见。直到如今，大家元气稍复，敬烟之事已很寻常，但是开放式的一罐香烟经常放在桌上，仍不多见。

我吸纸烟始自留学时期，独身在外，无人禁制，而天涯羁旅，心绪如麻，看见别人吞云吐雾，自己也就效颦起来。此后若干年，由一日一包，而一日两包，而一日一听。约在二十年前，有一天心血来潮，我想试一试自己有多少克己的力量，不妨先从戒烟做起。马克·吐温说过："戒烟是很容易的事，我一生戒过好几十次了。"我没有选择黄道吉日，也没有谂访室人，闷声不响地把剩余的纸烟，一股脑儿丢在垃圾堆里，留下烟嘴、烟斗、烟包、打火机，以后分别赠给别人，只是烟灰缸没有抛弃。"冷火鸡"的戒烟法不大好受，一时间手足失措，六神无主，但是工作实在太忙，要发烟瘾没有工夫，实在熬不过就吃一块巧克力。巧克力尚未吃完一盒，又实在腻歪，于是把巧克力也戒掉了。说来惭愧，我戒烟只此一遭，以后一直没有再戒过。

吸烟无益，可是很多人都说："不为无益之事，何以遣有涯之生？"而且无益之事有很多是有甚于吸烟者，所以吸烟或不吸烟，应由各人自行权衡决定。有一个人吸烟，不知是为特技表演，还是为节省买烟钱，经常猛吸一口咽烟下肚，绝不污染体外的空气，过了几年此人染了肺癌。我吸了几十年的烟,最后才改吸不花钱的新鲜空气。如果在公共场所遇到有人口里冒烟,甚或直向我的面前喷射毒雾,我便退避三舍,心里暗自咒诅:"我过去就是这副讨人嫌恶的样子!"

—— 牙签 ——
其状不雅，不可当人公然做之

施耐庵《水浒·序》有"进盘飧，嚼杨木"一语，所谓"嚼杨木"就是饭后用牙签剔牙的意思。晋高僧法显求法西域，著《佛国记》，有云："沙祇国南门道东佛在此嚼杨枝，刺土中即生……"这个"嚼"字当作"削"解。"嚼杨木"当然不是把一根杨木放在嘴里咀嚼。饭后嚼一块槟榔还可以，谁也不会吃饱了之后嚼木头。"嚼杨木"是借用"嚼杨枝"语，谓取一根牙签剔牙。杨枝净齿是西域风俗，所以中文里也借用佛书上的名词。《隋书·真腊传》："每旦澡洗，以杨枝净齿，读诵经咒。又澡洒乃食，食罢，还用杨枝净齿，又读经咒。"可见他们的规矩在念经前和食后都要杨枝净齿。

为了好奇，翻阅赛珍珠女士译的《水浒传》，她的这一句的译文甚为奇特："Take food, chew a bit of this or that." 我们若是把这句译文还原，便成了"进食，嚼一点这个又嚼一点那个"。衡以信达雅之义，显然不信。

牙缝里塞上一丝肉，一根刺，或任何残膏剩馥，我们都会自动地、本能地思除之而后快。我不了解为什么这净齿的工具需要等到五世纪中由西域发明然后才得传入中土。我们发明了罗盘、火药、印刷术，没能发明用牙签剔牙！

西洋人使用牙签更是晚近的事。英国到了十六世纪末年还把牙签当作一件稀奇的东西，只有在海外游历过的花花大少才口里衔着一根牙签招摇过市，行人为之侧目。大概牙签是从意大利传入英国的，而追究根源，又是从亚洲传到意大利的，想来是贸易商人由威尼斯到近东以至远东把这净齿之具带到欧洲。莎士比亚的《无事自扰》有这样的句子："我愿从亚洲之最远的地带给你取一根牙签。"此外在其他三四出戏里也都提到牙签，认为那是"旅行家"的标记。以描述人物著名的散文家Overbury，也是莎士比亚同时代的人，在他的一篇《旅行家》里也说："他的牙签乃是他的一项主要的特点。"可见三百年前西洋的平常人是不剔牙的。藏垢纳污到了饱和点之后也就不成问题。倒是饭后在齿颊之间横剔竖抉的人，显着矫揉造作，自命不凡！

人自谦年长曰马齿徒增，其实人不如马，人到了年纪便要齿牙摇落，至少也是齿牙之间发生罅隙，有如一把烂牌，不是一三五，就是二四六，中间仅是嵌张！这时节便需要牙签，有象牙质的，有银质的，有尖的，有扁的，还有带弯钩的，都中看不中用。普通的是竹质的，质坚而锐，易折，易伤牙龈。我个人经验中所使用过的牙签最理想的莫过于从前北平致美斋路西雅座所预备的那种牙签。北平饭馆的规矩，饭后照例有一碟槟榔豆蔻，外带牙签，这是由堂倌预备的，与柜上无涉。致美斋的牙签是特制的，其特点第一是长，约有自来水笔那样长，拿在手中可以摆出搦毛笔管的姿势，在口腔里到处探钻无远弗届，第二是质韧，是真正最好的杨柳枝做的，拐弯抹角的地方都可以照顾得到，有刚柔相济之妙。现在台湾也有一种白柳木的牙签，但嫌其不够长，头上不够尖。如今想起致美斋的牙签，尤其想起当初在致美斋做堂倌后来做了大掌柜的初仁义先生（他常常送一大包牙签给我），不胜惆怅！

有些事是人人都做的，但不可当着人的面前公然做之。这当然也是要看各国的风俗习惯。例如牙签的使用，其状不雅，咧着血盆大口，狞眉皱眼，擿之，抠之，攒之，抉之，使旁观的人不快。纵然手搭凉棚放在嘴边，仍是欲盖弥彰，减少不了多少丑态。至于已经剔牙竣事而仍然叼着一根牙签昂然迈步于大庭广众之间者，我们只能佩服他的天真。

—— 生病与吃药 ——
病是人人可生，药非人人得吃

不幸生而为人，于是难免要生病。所以，人生的几大关键，生、老、病、死，病也要算其中之一。一般受资本家压迫的人，往往感觉到生病之不应该，以为病是应该生在有钱人的身上。其实病之于人，大公无私，初无取舍，张三的臀部可以生疮，李四的嘴边也许就同时长疔，谁也说不定。不过这吃药的问题，倒不是人人能谈得到的。你说，我病了应该吃药，请你借我几个钱买药，你就许摇头。所以说，病是人人可生，而药非人人得吃也。

听说药有中西之分。听说又有所谓医院者，病人进去之后，有时候也可以治好病。然而医院的资本听说非常大，所以住院要比住旅馆还贵一点儿。又尝听说，这个病人死后的开销，有时候就算在那一个人活着时候的账上。……这都是道听途说，我生性不好冒险，所以也不知是真是假。

没吃过猪肉的人也许见过猪走；我没住过医院，然亦深知医院必须喝药水矣。这就是与我们中医异趣了。我们中医大概都秉性忠厚一些，绝不肯打下一针去就让你死去活来，他会今天给你两钱甘草，明天开上三分麦冬，如若你要受罪，他能让你慢慢地受，给你留出从容预备后事的工夫，这便是中医的慈善处。中医之所以历数千年而弗替者，其在是乎？

生病吃药，好像是天经地义矣，其实病的好与不好，不必在药之吃与不吃。但是做医生的人，纵或不盼望你常生病，至少也要希望你病了之后去求他开个方子。开了方子之后，你当然不免要到药店买药。做药房生意的人，是最慈悲不过的，时常替病人想省钱的方法。例如鱼肝油是补养的，而你新从乡下来不曾知道，或者就许到一位德医先生处去领教，德医给你试了体温，仔细研究，曰："可以吃鱼肝油矣！"你除了买鱼肝油之外，还要孝敬德医几块。卖药的人，看了这种情形，心中大是不忍，觉得病人药是要买的，而医则大可不必去看。于是他们便借重所谓报纸者，登他一假广告，告诉你什么什么丸包治百病，什么什么机百病包治，什么什么膏能让你不生毛的地方生毛，什么什么水能让你长毛的地方不长毛，只要你留心看报，按图索骥，任凭你生什么稀奇古怪的病，报上就有什么稀奇古怪的药。你买一回药，若不见效，那是因为药性温和了一点，再买点试试看，总有你早占勿药的一天。住在上海的人可别生病。不是为别的，是因为上海的医生太多，并且个个都好，有新从德国得博士的赵医士，有久留东洋的钱医士，有在某某学校卒业几乎和到过德国一样的孙医士，还有那诸医束手我能医的李医士,良医遍天下,你将何去何从呢?假如你不肯有所偏倚,你只得在这无数良医的门前犹豫徘徊逡巡,就在犹豫徘徊之间,你的病也许就发生变动了。

所以,我的主张是:(一)最好不是人;(二)次好是是人而不生病;(三)再次好是不在上海生病;(四)再次好是在上海生病而不吃药;(五)再次好是在上海生病吃药而不就医;(六)再次好只有希望在下世。我的上面这六个主张,能倒着次序完全做到!

―― 花钱与受气 ――
受气不必花钱，花钱则一定要受气

一个人就不应该有钱，有了钱就不应该花，如其你既有钱，而又要花，那么你就要受气。这是天演公理，不足为奇。

从前我没出息的时候，喜欢自己上街买东西。这已经很是不知量力了，还要拣门面大一点的店铺去买东西。铺户的门面一大，窗户上的玻璃也大，铺子里面服务的先生们的脾气，也跟着就大。我走进这种店铺里面，看看什么都是大的，心里便觉战栗，好像自己显得十分渺小了。处在这种环境压迫之下，往往忘了自己是买什么来的。后来脸皮居然练厚了一点，到大商店里去我居然还能站得稳，虽然心里面有时还不能不跳。但是叫我向柜台里的先生张口买东西，仍然诚惶诚恐。第一，我总觉得我要买的东西太少，恐怕不足以上浊清听，本来买二两瓜子，时常就随机应变，看看柜台里先生面色不对，马上就改作半斤，紧张的局势赖此可以稍微缓和一点。东西的好坏，是否合意，我从来不挑剔，因为我是来求人赏点东西，怎敢挑三挑四的来，竖横店铺一时关不了。假如为忙着买东西把店伙计累坏了呢，人家也是爹娘养的，怎肯与我干休？所以我到大商店去买东西，因为我措词失体礼貌欠周以致使商店伙计生点气，那是有的，大的乱子可没有闹过。

后来我的脑筋成熟了一些，思想也聪明了一些，有时候便到小铺子去买东西，然而也不容易。小铺店的伙计倒是肯谦恭下士，我们站在他们面前，有时也敢于抬起头来。可是他们喜欢跟你从容论价。"脸皮欠厚"的人时常就在他们的一阵笑声里吓跑了。我要买一张桌子，并且在说话的声音里表示出诚恳的意思，他说要五十块钱，我不敢回半句话，不成，非还价不能走出来。我仗着胆子说给十块钱。好，你听着，他嘴里念念有辞，他鼻里哼哼有声，你再瞧他那副尊容，满脸会罩着一层黑雾，这全是我那十块钱招出来的。假如我的气血足，一时能敌得住，只消迈出大门一步，他会把你请回去，说："卖给你喽！"于是，你的钱也花了，气也受了，而桌子也买了。

此外如车站、邮局、银行等公众的地方，也正是我们年轻人练习涵养的地方。你看那铁栏杆里的那一张脸，你要是抱着小孩子，最好离远一些，留神吓坏了孩子。我每次走到铁栏窗口，虽然总是送钱去，总觉得我好像是向他们要借债似的。每一次做完交易，铁栏里面的脸是灰的，铁栏外面的脸是红的！铁栏外面的唾沫往里面溅，铁栏里面的冷气往外面喷！

受气不必花钱，花钱则一定要受气。

―― 散步 ――

散步在清晨,便是一天中难得的享受

《琅嬛记》云:"古之老人,饭后必散步。"好像是散步限于饭后,仅是老人行之,而且盛于古时。现代的我,年纪不大,清晨起来盥洗完毕便提起手杖出门去散步。这好像是不合古法,但我已行之有年,而且同好甚多,不只我一人。

清晨走到空旷处,看东方既白,远山如黛,空气里没有太多的尘埃炊烟混杂在内,可以放心地尽量地深呼吸,这便是一天中难得的享受。据估计:"目前一般都市的空气中,灰尘和烟煤的每周降量,平均每平方公里约为五吨,在人烟稠密或工厂林立的地区,有的竟达二十吨之多。"养鱼的都知道要经常为鱼换水,关在城市里的人真是如在火宅,难道还不在每天清早从软暖习气中挣脱出来,服几口清凉散?

散步的去处不一定要是山明水秀之区,如果风景宜人,固然觉得心旷神怡,就是荒村陋巷,也自有它的情趣。一切只要随缘。我从前沿着淡水河边，走到萤桥，现在顺着一条马路，走到土桥，天天如是，仍然觉得目不暇给。朝露未干时，有蚯蚓、大蜗牛，在路边蠕动，没有人伤害它们，在这时候这些小小的生物可以和我们和平共处。也常见有被辗毙的田鸡野鼠横尸路上，令人触目惊心，想到生死无常。河边蹲踞着三三两两浣衣女，态度并不轻闲，她们的背上兜着垂头瞌睡的小孩子。田畦间伫立着几个庄稼汉，大概是刚拔完萝卜摘过菜。是农家苦，还是农家乐，不大好说。就是从巷弄里面穿行，无意中听到人家里的喁喁絮语，有时也能令人忍俊不禁。

六朝人喜欢服五石散，服下去之后五内如焚，浑身发热，必须散步以资宣泄。到唐朝时犹有这种风气。元稹诗"行药步墙阴"，陆龟蒙诗"更拟结茅临水次，偶因行药到村前"。所谓行药，就是服药后的散步。这种散步，我想是不舒服的。肚里面有丹砂、雄黄、白矾之类的东西作怪，必须脚步加快，步出一身大汗，方得畅快。我所谓的散步不这样的紧张，遇到天寒风大，可以缩颈急行，否则亦不妨迈方步，缓缓而行。培根有言："散步利胃。"我的胃口已经太好，不可再利，所以我从不跄跄地趱路。六朝人所谓"风神萧散，望之如神仙中人"，一定不是在行药时的写照。

散步时总得携带一根手杖，手里才觉得不闲得慌。山水画里的人物，凡是跋山涉水的总免不了要有一根筇杖，否则好像是摆不稳当似的。王维诗"策杖村西日斜",村东日出时也是一样地需要策杖。一杖在手,无须舞动,拖曳就可以了。我的一根手杖,因为在地面摩擦的关系,已较当初短了寸余。手杖有时亦可作为武器,聊备不时之需,因为在街上散步者不仅是人,还有狗。不是夹着尾巴的丧家之狗,也不是循循然汪汪叫的土生土长的狗,而是那种雄赳赳的横眉竖眼、张口伸舌的巨獒,气咻咻地迎面而来,后面还跟着骑脚踏车的扈从,这时节我只得一面退避三舍,一面加力握紧我手里的竹杖。那狗脖子上挂着牌子,当然是纳过税的,还可能是系出名门,自然也有权利出来散步。还好,此外尚未遇见过别的什么猛兽。唐慈藏大师"独静行禅,不避虎兕",我只有自惭定力不够。

散步不需要伴侣,东望西望没人管,快步慢步由你说,这不但是自由,而且只有在这种时候才特别容易领略到"前不见古人,后不见来者"那种"分段苦"的味道。天覆地载,孑然一身。事实上街道上也不是绝对的阒无一人,策杖而行的不只我一个,而且经常的有很熟的面孔准时准地地出现。还有三五成群的小姑娘,老远的就送来木屐声。天长日久,面孔都熟了,但是谁也不理谁。在外国的小都市,你清早出门,一路上打扫台阶的老太婆总要对你搭讪一两句话,要是在郊外山上,任何人都要彼此脱帽招呼。他们不嫌多事。我有时候发现,一个形容枯槁的老者忽然不见他在街道散步了,第二天也不见,第三天也不见,我真不敢猜想他是到哪里去了。

太阳一出山，把人影照得好长，这时候就该往回走。再晚一点便要看到穿蓝条睡衣睡裤的女人们在街上或是河沟里倒垃圾，或者是捧出红泥小火炉在路边呼呼地扇起来，弄得烟气腾腾。尤其是，风驰电掣的现代交通工具也要像是猛虎出柙一般地露面了，行人总以回避为宜。所以，散步一定要在清晨，白居易诗"晚来天气好，散步中门前"，要知道白居易住的地方是伊阙，是香山，和我们住的地方不一样。

―― 麻将 ――
如同吸食鸦片一样久而上瘾，不易戒掉

我的家庭守旧，绝对禁赌，根本没有麻将牌。从小不知麻将为何物。除夕到上元开赌禁，以掷骰子状元红为限，下注三十几个铜板，每次不超过一二小时。有一次我斗胆问起，麻将怎个打法。家君正色曰："打麻将吗？到八大胡同去！"吓得我再也不敢提起"麻将"二字。心里留下一个并不正确的印象，以为麻将与八大胡同有什么密切关联。

后来出国留学，在轮船的娱乐室内看见有几位同学作方城戏，才大开眼界，觉得那一百三十六张骨牌倒是很好玩的。有人热心指点，我也没学会。这时候麻将在美国盛行，很多美国人家里都备有一副，虽然附有说明书，一般人还是不易得其门而入。我们有一位同学在纽约居然以教人打牌为副业，电话召之即去，收入颇丰，每小时一元。但是为大家所不齿，认为他不务正业，贻羞士林。

科罗拉多大学有两位教授，姊妹俩，老处女，请我和闻一多到她们家

里晚餐，饭后摆出了麻将，作为余兴。在这一方面我和一多都是属于"四窍已通其三"的人物——一窍不通，当时大窘。两位教授不能了解，中国人竟不会打麻将？当晚四个人临时参看说明书，随看随打，谁也没能规规矩矩的和下一把牌，窝窝囊囊的把一晚消磨掉了。以后再也没有成局。

麻将不过是一种游戏，玩玩有何不可？何况贤者不免。梁任公先生即是此中老手。我在清华念书的时候，就听说任公先生有一句名言："只有读书可以忘记打牌，只有打牌可以忘记读书。"读书兴趣浓厚，可以废寝忘食，还有工夫打牌？打牌兴亦不浅，上了牌桌全神贯注，焉能想到读书？二者的诱惑力、吸引力有多么大，可以想见。书读多了，没有什么害处，顶多变成不更事的书呆子，文弱书生。经常不断的十圈二十圈麻将打下去，那毛病可就大了。有任公先生的学问风操，可以打牌，我们没有他那样的学问风操，不得借口。

胡适之先生也偶然喜欢摸几圈。有一年在上海，饭后和潘光旦、罗隆基、饶子离和我，走到一品香开房间打牌。硬木桌上打牌，滑溜溜的，震天价响，有人认为痛快。我照例作壁上观。言明只打八圈。打到最后一圈已近尾声，局势十分紧张。胡先生坐庄，潘光旦坐对面，三副落地，吊单，显然是一副满贯的大牌。"扣他的牌，打荒算了。"胡先生摸到一张白板，地上已有两张白板。"难道他会吊孤张？"胡先生口中念念有词，犹豫不决。左右皆曰："生张不可打，否则和下来要包！"胡适先生自己的牌也是一把满贯的大牌，且早已听张，如果扣下这张白板，势必拆牌应付，于心不甘。犹豫了好一阵子，"冒一下险，试试看。"啪的一声把白板打了出去！"自古成功在尝试"，这一回却是"尝试成功自古无"了。潘光旦嘿嘿一笑，翻出底牌，吊的正是白板。胡先生包了。身上现钱不够，开了一张支票，三十几元。那时候这不算是小数目。胡先生技艺不精，没得怨。

抗战期间，后方的人，忙的是忙得不可开交，闲的是闷得发慌。不知是谁诌了四句俚词："一个中国人，闷得发慌。两个中国人，就好商量。三个中国人，作不成事。四个中国人，麻将一场。"四个人凑在一起，天造地设，不打麻将怎么办？雅舍也备有麻将，只是备不时之需。有一回有客自重庆来，第二天就回去，要求在雅舍止宿一夜。我们没有招待客人住宿的设备，颇有难色，客人建议打个通宵麻将。在三缺一的情形下，第四者若是坚不下场，大家都认为是伤天害理的事。于是我也不得不凑一角。这一夜打下来，天旋地转，我只剩得奄奄一息，誓言以后在任何情形之下，再也不肯做这种成仁取义的事。

麻将之中自有乐趣。贵在临机应变，出手迅速。同时要手挥五弦目送飞鸿，有如谈笑用兵。徐志摩就是一把好手，牌去如飞，不加思索。麻将就怕"长考"。一家长考，三家暴躁。以我所知，麻将一道要推太太小姐们最为擅长。在桌牌上我看见过真正春笋一般的玉指洗牌砌牌，灵巧无比（美国佬的粗笨大手砌牌需要一根大尺往前一推，否则牌就摆不直！）。我也曾听说某一位太太有接连三天三夜不离开牌桌的纪录（虽然她最后崩溃以至于吃什么吐什么！），男人们要上班，就无法和女性比。我认识的女性之中有一位特别长于麻将，经常午间起床，午后二时一切准备就绪，呼朋引类，麻将开场，一直打到夜深。雍容俯仰，满室生春。不仅是技压侪辈，赢多输少。我的朋友卢冀野是个倜傥不羁的名士，他和这位太太打过多次麻将，他说："政府于各部会之外应再添设一个'俱乐部'，其中设麻将司，司长一职非这位太太莫属矣。"甘拜下风的不只是他一个人。

路过广州，耳畔常闻噼噼啪啪的牌声，而且我在路边看见一辆停着的大卡车，上面也居然摆着一张八仙桌，四个人露天酣战，行人视若无睹。餐馆里打麻将，早已通行，更无论矣。在台湾，据说麻将之风仍然很盛。有中国人的地方就有麻将，有些地方的寓公、寓婆亦不能免。麻将的诱惑力太大。

王尔德说过："除了诱惑之外，我什么都能抵抗。"我不打麻将，并不妄以为自己志行高洁。我脑筋迟钝，跟不上别人反应的速度，影响到麻将的节奏，一赶快就出参差。我缺乏机智，自己的一副牌都常照顾不来，遑论揣度别人的底细，既不知己又不知彼，如何可以应付大局？打牌本是寻乐，往往是寻烦恼，又受气又受窘，干脆不如不打。费时误事的大道理就不必说了。有人说卫生麻将又有何妨？想想看，鸦片烟有没有卫生鸦片，海洛因有没有卫生海洛因？大凡卫生麻将，结果常是有碍卫生。起初输赢小，渐渐提升。起初是朋友，渐渐成赌友，一旦成为赌友，没有交情可言。我曾看见两位朋友，都是斯文中人，为了甲扣了乙一张牌，宁可自己不和而不让乙和，事后还扬扬得意，以牌示乙，乙大怒。甲说在牌桌上损人不利己的事是可以做的，话不投机，大打出手，人仰桌翻。我又记得另外一桌，庄家连和七把，依然手顺，把另外三家气得目瞪口呆面色如土，结果是勉强终局，不欢而散。赢家固然高兴，可是输家的脸看了未必好受。有了这些经验，看了牌局我就怕，作壁上观也没兴趣。何况本来是个穷措大，"黑板上进来白板上出去"也未免太惨。

对于沉湎于此道中的朋友们，无论男女，我并不一概诅咒。其中至少有一部分可能是在生活上有什么隐痛，借此忘忧，如同吸食鸦片一样久而上瘾，不易戒掉。其实要戒也很容易，把牌和筹码以及牌桌一起蠲除，洗手不干便是。

―― 万取千焉，千取百焉 ――
头脑未能尽合逻辑而意义含混

读《孟子》，开卷第一节就有一句看不甚懂。

"上下交征利，而国危矣！万乘之国，弑其君者，必千乘之家；千乘之国，弑其君者，必百乘之家。万取千焉，千取百焉，不为不多矣。苟为后义而先利，不夺不餍。"大意当然很明白，是在言义利之辨，但是"万取千焉，千取百焉，不为不多矣"，这句话怎么讲？看了各家注释，还是不大懂。

《幼狮学志》第十三卷第一期有李辰冬先生一篇文章《怎样开辟国学研究的直接途径》，劝大家不要走权威领导的路，他的意思是不要盲目地信从权威，要有自己的真知灼见。假如权威人物的话是对的，我们当然要服从他的领导，但是权威不一定永远对。李先生举了几个例子，其中之一正是我憋在心里好久的孟子这一句话。依李先生的见解，"自从赵岐注错以后，两千年来更改不过来"，宋朝孙奭的疏、朱熹的集注、清朝焦循的正义,皆未得要领。李先生认为:"解决这个问题很容易,只要把孟子书中所用的'取'字作一归纳,看看孟子是怎样在用'取'字,这几句话马上就释然了。"于是李先生翻《孟子引得》,"知道'取'有两种意思:一作'得'讲,一作'夺'讲"。"万取千焉……"里的"取"字是作"夺"解。其结论是:"万乘之国夺千乘之家,千乘之国夺百乘之家,这是上征利;正对上句'万乘之国,弑其君者,必千乘之家……'而言,这是下弑上。'不为不多矣'是指春秋战国时混乱的情形。"

我想李先生的解释大概是对的,因为这样解释上下文意才可贯通。所谓交征利,包括下与上争和上与下争两件事。李先生充分利用《孟子引得》,决定"取"作"夺"解,其实"取"字本有此义。"取"字有好多意思,好多用法,在某处应作某种解释,就要靠读者细心体会,同时再参用李先生的统计法,就更容易有所领悟了。

但是我要指出另一点。孟子是有才气的人,程子说他"有些英气",《孟子》七篇汪洋恣肆,锋利而雄浑,的确是好文章。不过并不是句句都斟酌至当无懈可击。像"万取千焉,千取百焉……"这一句就有毛病,至少是写得不够明白。李辰冬先生说:孟子原文"语义多么清楚"!这一点我不大同意。如果原文语义清楚,赵岐便不至于误解。即使赵岐误解,也早该有人指出,何至于"糊涂了两千年"?即使大家都迷信权威,到如今我们说明其真义也就罢了，又何必借重《引得》，排比资料，然后才能寻绎其意义？"万取千焉，千取百焉"这八个字确是含混，所以才使人糊涂了两千年。"不为不多矣"一句也不够清楚，到底是什么东西"不为不多"？是"万"不为不多，还是"千"不为不多，还是上征利的情形不为不多？原文没有交代清楚。

我们的古书常有因为文字过简而意义不清楚的地方，也有因为作者头脑有时未能尽合逻辑而意义含混的地方，我们不必为贤者讳。西人有句话，就是荷马也有打瞌睡的时候。（Even Homer nods.）

―― 生而曰讳 ――
以约定俗成为准则，不必泥于古

顾炎武《日知录》卷二十三："生曰名，死曰讳，今人多生而称人之名曰讳。《金石录》云，生而称讳，见于石刻者甚众，因引孝宣元康二年诏曰，其更讳询，以为西汉已如此。《蜀志》刘豹等上言：'圣讳豫睹。'许靖等上言：'名讳昭著。'《晋书》高顒言：'范伯孙恂，恂率道名讳，未尝经于官曹。'束晳《劝农赋》，'场功毕，租输至，录社长，召闾师，条牒所领，注列名讳。'"又注："王褒《洞箫赋》，'幸得谥为洞箫兮。'李善注：'谥者号也。'号而曰谥，犹之名而曰讳者矣。"

按：生曰名，死曰讳，固为不易之论，但交接应对之际，自己称名则可，直呼对方之名则不可，言语中提及他人之时亦不宜简单地称名道姓，通常总要加上适当的尊称，这是一般人所公认的礼貌。临文之际，不说某人名某某，而曰某人讳某某，亦正是同样的表示敬意之一端。不必一定等到人死之后才用"讳"字。《日知录》所引的几个生而曰讳的例子是证明此种用法古已有之。

其实，生而曰讳不仅古已有之，近代作家沿用之者亦不乏其人。《水浒传》第二回史进问鲁提辖"高姓大名"，他回答说："洒家是经略府提辖，姓鲁，讳个达字。"是则自己称自己的名也为讳了。这是否为当时的滥用此字之一例，则不得而知。总之这也是生而曰讳的一例。袁子才《小仓山房尺牍·与王顺哉世妹》："寄上画扇一柄，湖楼即事诗，求世妹和之；转致令继母程夫人令妹讳妯者和之，即交碧梧世妹处寄来。"如不曰讳而曰名，岂不唐突？是生而曰讳，有时有此必要，虽与字之原义不合，无伤也。

若干年前我编一刊物，采一来稿，记当代某公逸事，第一句是"公讳某……"引起一些人的批评，以为生而曰讳，不但不通而且不敬。须知语言文字是活的，是随时有变化的，如果每个字都以使用原义为限，真不知我们的语文要贫乏到什么程度。在另一方面，用字以原义为限，恐怕有时又非大众所能了解。总之，语文之事应以约定俗成为准则，似不必泥于古。

―― 忙什么 ――
你只是想送别人的殡

在文明的城市里，你若是能从马路这边平平安安地跨到马路那边，在中间不发生命案，你至少可以说是有一技之长了。因为稍微浑厚一点的人，在车水马龙的街道上，东张西望，不是车碰了你，就是你碰了车。车碰了你，那还好办，即是碰死了也只是照例罚车夫几个钱；若是你碰了车，这一笔损失你就许赔一辈子也赔不清。所以在下初来上海时，看见汽车之多，就深深地感到一种乡下人之悲哀，虽然我很明白上海还不是最文明的城市。

从汽车夫的眼睛看来，在街道上行走的芸芸众生是很有碍交通的。汽车夫所以要快驶的缘故，也不难索解，因为有时候坐在车厢里的不完全是我们中国人，更有时简直不是我们中国人。所以汽车疾驶是由于必要，而这种必要是在打倒帝国主义的走狗以前永远存在的。现在若有汽车和行人冲撞，我不怪汽车开得太快，我只怪行人躲得太慢。

听说在很文明的纽约城，警察常张贴布告，警告开汽车的人说："忙什么？你只是想赶到你自己的殡前去！"上海的警察应该换个口吻说："忙什么？你只是想送别人的殡！"

第五部分

人生贵在适意,不如笑看人生

—— 饭前祈祷 ——
惜福，感恩

读过查尔斯·兰姆那篇《饭前祈祷》小品文的人，一定会有许多感触。六十年前我在美国科罗拉多泉念书的时候，和闻一多在瓦萨赤街一个美国人家各赁一间房屋。房东太太密契尔夫人是典型的美国主妇，肥胖、笑容满面、一团和气，大约有六十岁，但是很硬朗，整天操作家务，主要的是主中馈，好像身上永远系着一条围裙，头戴一顶荷叶边的纱帽。房东先生是报馆排字工人，昼伏夜出，我在圣诞节才得和他首次晤面。他们有三个女儿，大女儿陶乐赛已进大学，二女儿葛楚德念高中，小女儿卡赛尚在小学，他们一家五口加上我们两个房客，七个嘴巴都要由密契尔夫人负责喂饱，而且一日三餐，一顿也少不得。房东先生因为作息时间和我们不同，永不在饭桌上和我们同时出现。每顿饭由三个女孩摆桌上菜，房东太太在厨房掌勺，看看大家都已就位，她就急忙由厨房溜出来，抓下那顶纱帽，坐在主妇位上，低下头做饭前祈祷。

我起初对这种祈祷不大习惯。心想我每月付你四五十元房租，包括膳食在内,我每月公费八十元,多半付给你了,吃饭的时候还要做什么祈祷?感恩么?感谁的恩?感上帝赐面包的恩么?谁说面包是他所赐?……后来我想想,入乡随俗,好在那祈祷很短,嘟嘟囔囔地说几句话,也听不清楚说什么。有时候好像是背诵那滚瓜烂熟的"主祷文",但是其中只有一句与吃有关:"赐给我们每天所需的面包。"如果这"每天"是指今天,则今天的吃食已经摆在桌上了,还祈祷什么?如果"每天"是指明天,则吃了这顿想那顿,未免想得远了些。若是表示感恩,则其中又没有感激的话语。尤其是,这饭前祈祷没有多少宗教气息,好像具文。我偷眼看去,房东太太闭着眼低着头,口中念念有词,大女儿陶乐赛也还能聚精会神,卡赛则常扮鬼脸逗葛楚德,葛楚德用肘撞卡赛。我和一多面面相觑,不知所措。

兰姆说得不错。珍馐罗列案上,令人流涎三尺,食欲大振,只想一番饕餮,全无宗教情绪,此时最不宜祈祷。倒是维持生存的简单食物,得来不易,于庆幸之余不由得要感谢上苍。我另有一种想法,尤其是在密契尔夫人家吃饭的那一阵子,我们的胃习惯于大碗饭、大碗面,对于那轻描淡写的西餐只能感到六七分饱。家常便饭没有又厚又大的煎牛排。早餐是以半个横剖的橘柑或葡萄柚开始,用茶匙挖食其果肉,再不就是薄薄一片西瓜,然后是一面焦的煎蛋一枚。外国人吃煎蛋不像我们吸溜一声一口吞下那个嫩蛋黄,而是用刀叉在盘里切,切得蛋黄乱流,又不好用舌去舔。

两片烤面包，抹一点牛油。一杯咖啡灌下去，完了。午饭是简易便餐，两片冷面包，一点点肉菜之类。晚饭比较丰盛，可能有一盂热汤，然后不是爱尔兰炖肉，就是肉末炒番薯泥，再加上一道点心如西米布丁之类，咖啡管够。倒不是菜色不好，密契尔夫人的手艺不弱，只是数量不多，不够果腹。星期日午饭有烤鸡一只，当场切割，每人分得一两片，大匙大匙的番薯泥浇上鸡油酱汁。晚饭就只有鸡骨架剥下来的碎肉烩成稠糊糊的酱，放在一片烤面包上，名曰鸡派。其他一概全免。若是到了感恩节或是圣诞节，则卡赛出出进进地报喜："今天有火鸡大餐！"所谓火鸡，肉粗味淡，火鸡肚子里面塞的一坨一坨黏糊糊的也不知是什么东西。一多和我时常踱到街上补充一个汉堡肉饼或热狗之类。在这种情形下，饭前祈祷对于我没有什么太大的意义，就是饭后祈祷恐也不免带有怨声，而不可能完全是谢主的恩典。

我小时候，母亲告诉我，碗里不可留剩饭粒，饭粒也不可落在桌上地上，否则将来会娶麻脸媳妇。这个威吓很能生效，真怕将来床头人是麻子。稍长，父亲教我们读李绅《悯农》诗："锄禾日当午，汗滴禾下土，谁知盘中餐，粒粒皆辛苦。"因此更不敢糟蹋粮食。对于农民老早地就起了感激之意。养猪养鸡的、捕鱼捕虾的，也同样地为我服务，我凭什么白白地受人供养？吃得越好，越惶恐，如果我在举箸之前要做祈祷，我要为那些胼手胝足为大家生产食粮、供应食物的人祈福。

如今我每逢有美味的饮食可以享受的时候，首先令我怀想的是我的双亲。我父亲对于饮膳非常注意，尤嗜冷饮，酸梅汤要冰镇得透心凉，山里红汤微带冰碴儿，酸枣汤、樱桃水等都要冰得入口打哆嗦。可惜我没来得及置备电冰箱，先君就弃养了。我母亲爱吃火腿、香蕈、蚶子、蛏干、笋尖、山核桃之类的所谓南货，我好后悔没有尽力供养。美食当前，辄兴风木之思，也许这些感受可以代替所谓饭前祈祷了吧？

圆桌与筷子
智慧的结晶，各有各的妙处

我听人说起一个笑话，一个中国人向外国人夸说中国的伟大，圆餐桌的直径可以大到几乎一丈开外。外国人说："那么你们的筷子有多长呢？""六七尺长。""那样长的筷子，如何能夹起菜来送到自己嘴里呢？""我们最重礼让，是用筷子夹菜给坐在对面的人吃。"

大圆桌我是看见过的，不是加盖上去的圆桌面，是订制的大型圆餐桌，周遭至少可以坐二十四个人，宽宽绰绰的一点也不挤，绝无"菜碗常需头上过，酒壶频向耳边洒"的现象。桌面上有个大转盘（英语名为"懒苏珊"），转盘有自动旋转的装置，主人按钮就会不疾不徐地转。转盘上每菜两大盘，客人不需等待旋转一周即可伸手取食。这样大的圆桌有一个缺点，除了左右邻座之外，彼此相隔甚远，不便攀谈，但是这缺点也许正是优点，不必没话找话，大可埋头猛吃，作食不语状。

我们的传统餐桌本是方的，所谓八仙桌，往日喜庆宴都是用方桌，通常一席六个座位，有时下手添个长凳打横，只有在特殊情形下才加上一个圆桌面。炕上餐桌也是方的。方桌折角打开变成圆桌（英语所谓"信封桌"），好像是比较晚近的事了。

许多人团聚在一起吃饭，尤其是讲究吃的东西要烫嘴热，当然以圆桌为宜。把食物放在桌中央，由中央到圆周的半径是一样长，各人伸箸取食，有如辐辏于毂。因为圆桌可能嫌大，现在几乎凡是圆桌必有转盘，可恼的是直眉瞪眼的餐厅侍者多半是把菜盘往转盘中央一丢，并不放在转盘的边缘上，然后掉头而去，转盘等于虚设。

西方也不是没有圆桌。亚瑟王的圆桌骑士是赫赫有名的，那圆桌据说当初可以容一百五十名骑士就座，真不懂那样大的圆桌能放在什么地方，也许是里三层外三层围绕着吧？近代外交坛坫之上常有所谓圆桌会议，也许是微带椭圆之形，其用意在于宾主座位不分上下。这都不能和我们中国的圆桌相提并论，我们的圆桌是普遍应用的，家庭聚餐时，祖孙三代团团坐，有说有笑，融融泄泄；友朋宴饮时，敬酒、划拳、打通关都方便。吃火锅，更非圆桌不可。

筷子是我们的一大发明。原始人吃东西用手抓，比不会用手抓的禽兽已经进步很多，而两根筷子则等于是手指的伸展，比猿猴使用树枝拨东西又进一步。筷子运用起来可以灵活无比，能夹、能戳、能撮、能挑、能扒、能掰、能剥，凡是手指能做的动作，筷子都能。没人知道筷子是何时何人发明的。如果《史记》所载不虚，"纣为象箸，而箕子唏"，纣王使用象牙筷子而箕子忍气吞声地叹气，象牙筷子的历史可说是很久远了。箸原是筴，竹子做的筷子；又作梜，木头做的筷子。象牙筷子并没有什么好，怕烫，容易变色。假象牙筷子颜色不对，没有纹理，更容易变色，而且在吃香酥鸭的时候，拉扯用力稍猛就会咔嚓一声断为两截。倒是竹筷子最好，湘妃竹固然好，普通竹也不错，髹油漆固然好，本色尤佳。做祖父母的往往喜欢使用银箸，通常是短短细细的，怕分量过重，这只为了表示其地位之尊崇。金箸我尚未见过，恐怕未必中用。箸之长短不等，湖南的筷子特长，盘子也特大，但是没有长到烤肉的筷子那样。

　　西方人学习用筷子那副笨相可笑，可是我们幼时开始用筷子的时候，又何尝不是像狗熊耍扁担？稍长，我们使筷子的伎俩都精了——都太精了。相传少林绝技之一是举箸能夹住迎面飞来的弹丸，据说是先从用筷子捕捉苍蝇练成的一种功夫。一般人当然没有这种本领，可是在餐桌之上我们也常有机会看到某些人使用筷子的一些招数。一盘菜上桌，有人挥动筷子如舞长矛，如野火烧天横扫全境，有人胆大心细彻底翻腾如拨草寻蛇，更有人在汤菜碗里拣起一块肉，掂掂之后又放下了，再拣一块再掂掂再放下，最后才选得比较中意的一块，夹起来送进血盆大口之后，还要把筷子横在嘴里吮一下,于是有人在心里嘀咕:这样做岂不是把你的口水都污染了食物,岂不是让大家都于无意中吃了你的口水?

其实口水未必脏。我们自己吃东西都是伴着口水吃下去的,不吃东西的时候也常咽口水的。不过那是自己的口水,不嫌脏。别人的口水也未必脏。我不相信谁在热恋中没有大口大口咽过难分彼此的一些口水。怕的是口水中带有病菌,传染给别人和被人传染给自己都不大好。毛病不是出在筷子,是出在我们的吃的方式上。

六十多年前,我的学校里来了一位教英语的老师,我只记得他姓钟,外号人称"钟善人",他在学校及附近乡村里狂热地提倡两件事,一是植树,一是进餐时每人用两副筷子,一副用于取食,一副用于夹食入口。植树容易,一年只有一度,两副筷子则窒碍难行。谁有那样的耐心,每餐两副筷子此起彼落地交换使用?如今许多人家,以及若干餐馆,筷子仍是人各一双,但是菜盘汤碗各附一个公用的大匙,这个办法比较简便,解决了互吃口水的问题。东洋御料理老早就使用木质短小的筷子,用毕即丢弃。人家能,为什么我们不能?我愿象牙筷子、乌木筷子以及种种珍奇贵重的筷子都保存起来,将来作为古董赏玩。

—— 馋 ——
着重在食物的质,需要满足的是品味

馋,在英文里找不到一个十分适当的字。罗马暴君尼禄,以至于英国的亨利八世,在大宴群臣的时候,常见其撕下一根根又粗又壮的鸡腿,举起来大嚼,旁若无人,好一副饕餮相!但那不是馋。埃及废王法鲁克,据说每天早餐一口气吃二十个荷包蛋,也不是馋,只是放肆,只是没有吃相。对于某一种食物有所偏好,于是大量地吃,这是贪多无厌。馋,则着重在食物的质,最需要满足的是品味。上天生人,在他嘴里安放一条舌,舌上还有无数的味蕾,教人焉得不馋?馋,基于生理的要求,也可以发展成为近于艺术的趣味。

也许我们中国人特别馋一些,馋字从食,毚声。毚音逸,本义是狡兔,善于奔走,人为了口腹之欲,不惜多方奔走以膏馋吻,所谓"为了一张嘴,跑断两条腿"。真正的馋人,为了吃,绝不懒。我有一位亲戚,属汉军旗,又穷又馋。一日傍晚,大风雪,老头子缩头缩脑偎着小煤炉子取暖。他的儿子下班回家,顺路市得四只鸭梨,以一只奉其父。父得梨,大喜，当即啃了半只，随后就披衣戴帽，拿着一只小碗，冲出门外，在风雪交加中不见了人影。他的儿子只听得大门哐啷一声响，追已无及。越一小时，老头子托着小碗回来了，原来他是要吃榅桲拌梨丝！从前酒席，一上来就是四干、四鲜、四蜜饯，榅桲、鸭梨是现成的，饭后一盘榅桲拌梨丝别有风味（没有鸭梨的时候白菜心也能代替）。这老头子吃剩半个梨，突然想起此味，乃不惜于风雪之中奔走一小时。这就是馋。

人之最馋的时候是在想吃一样东西而又不可得的那一段期间。希腊神话中之谭塔勒斯，水深及颚而不得饮，果实当前而不得食，饿火中烧，痛苦万状，他的感觉不是馋，是求生不成求死不得。馋没有这样的严重。人之犯馋，是在饱暖之余，眼看着、回想起或是谈论到某一美味，喉头像是有馋虫搔抓作痒，只好干咽唾沫。一旦得遂所愿，恣情享受，浑身通泰。抗战七八年，我在后方，真想吃故都的食物，人就是这个样子，对于家乡风味总是念念不忘，其实"千里莼羹，未下盐豉"也不见得像传说的那样迷人。我曾痴想北平羊头肉的风味，想了七八年；胜利还乡之后，一个冬夜，听得深巷卖羊头肉小贩的吆喝声，立即从被窝里爬出来，把小贩唤进门洞，我坐在懒凳上看着他于暗淡的油灯照明之下，抽出一把雪亮的薄刀，横着刀刃片羊脸子，片得飞薄，然后取出一只蒙着纱布的羊角，撒上一些椒盐。我托着一盘羊头肉，重复钻进被窝，在枕上一片一片的羊头肉放进嘴里，不知不觉地进入了睡乡，十分满足地解了馋瘾。但是，老实讲，滋味虽好，总不及在痴想时所想象的香。我小时候，早晨跟我哥哥步行到大鹁鸽市陶氏学堂上学，校门口有个小吃摊贩，切下一片片的东西放在碟子上，洒上红糖汁、玫瑰木樨，淡紫色，样子实在令人馋涎欲滴。走近看，知道是糯米藕。一问价钱，要四个铜板，而我们早点费每天只有两个铜板，我们当下决定，饿一天，明天就可以一尝异味。所付代价太大，所以也不能常吃。糯米藕一直在我心中留下不可磨灭的印象。后来成家立业，想吃糯米藕不费吹灰之力，餐馆里有时也有供应，不过浅尝辄止，不复有当年之馋。

馋与阶级无关。豪富人家，日食万钱，犹云无下箸处，是因为他这种所谓饮食之人放纵过度，连馋的本能和机会都被剥夺了，他不是不馋，也不是太馋，他麻木了，所以他就要千方百计地在食物方面寻求新的材料、新的刺激。我有一位朋友，湖南桂东县人，他那偏僻小县却因乳猪而著名，他告我说每年某巨公派人前去采购乳猪，搭飞机运走，充实他的郇厨。烤乳猪，何地无之？何必远求？我还记得有人治寿筵，客有专诚献"烤方"者，选尺余见方的细皮嫩肉的猪臀一整块，用铁钩挂在架上，以炭肉燔炙，时而武火，时而文火，烤数小时而皮焦肉熟。上桌时，先是一盘脆皮，随后是大薄片的白肉，其味绝美，与广东的烤猪或北平的炉肉风味不同，使得一桌的珍馐相形见绌。可见天下之口有同嗜，普通的一块上好的猪肉，苟处理得法，即快朵颐。像《世说》所谓，王武子家的烝馋，乃是以人乳喂养的，实在觉得多此一举，怪不得魏武未终席而去。人是肉食动物，不必等到"七十者可以食肉矣"，平素有一些肉类佐餐，也就可以满足了。

北平人馋，可是也没听说有谁真个馋死，或是为了馋而倾家荡产。大抵好吃的东西都有个季节，逢时按节地享受一番，会因自然调节而不逾矩。开春吃春饼，随后黄花鱼上市，紧接着大头鱼也来了，恰巧这时候后院花椒树发芽，正好掐下来烹鱼。鱼季过后，青蛤当令。紫藤花开，吃藤萝饼，玫瑰花开，吃玫瑰饼；还有枣泥大花糕。到了夏季，"老鸡头才上河哟"，紧接着是菱角、莲蓬、藕、豌豆糕、驴打滚、艾窝窝，一起出现。席上常见水晶肘，坊间唱卖烧羊肉，这时候嫩黄瓜、新蒜头应时而至。秋风一起，先闻到糖炒栗子的气味，然后就是馋烤涮羊肉，还有七尖八团的大螃蟹。"老婆老婆你别馋，过了腊八就是年。"过年前后，食物的丰盛就更不必细说。一年四季的馋，周而复始地吃。

馋非罪，反而是胃口好、健康的现象，比食而不知其味要好得多。

---- 吃相 ----

人生贵适意，不可太拘泥于礼法

一位外国朋友告诉我，他旅游西南某地的时候，偶于餐馆进食，忽闻壁板砰砰作响，其声清脆，密集如连珠炮，向人打听才知道是邻座食客正在大啖其糖醋排骨。这一道菜是这餐馆的拿手菜，顾客欣赏这个美味之余，顺嘴把骨头往旁边喷吐，你也吐，我也吐，所以把壁板打得叮叮哨哨响。不但顾客为之快意，店主听了也觉得脸上光彩，认为这是大家为他捧场。这位外国朋友问我这是不是国内各地普遍的风俗，我告诉他我走过十几省还不曾遇见过这样的场面，而且当场若无壁板设备，或是顾客嘴部筋肉不够发达，此种盛况即不易发生。可是我心中暗想，天下之大，无奇不有，这样的事恐怕亦不无发生的可能。

《礼记》有"毋啮骨"之诫，大概包括啃骨头的举动在内。糖醋排骨的肉与骨是比较容易脱离的，大块的骨头上所连带着的肉若是用牙齿咬断下来，那龇牙咧嘴的样子便觉不大雅观。所以"割不正不食""席不正不食"都是对于在桌面上进膳的人而言，啮骨应该是桌底下另外一种动物所做的事。不要以为我们一部分人把排骨吐得噼啪响便断定我们的吃相不佳。各地有各地的风俗习惯。世界上至今还有不少地方是用手抓食的。听说他们是用右手取食,左手则专供做另一种肮脏的事,不可混用,可见也还注重清洁。我不知道像咖喱鸡饭一类黏糊糊儿的东西如何用手指往嘴里送。用手取食,原是古已有之的老法。罗马皇帝尼禄大宴群臣,他从一只硕大无比的烤鹅身上扯下一条大腿,手举着鼓槌,歪着脖子啃而食之,那副贪婪无厌的饕餮相我们可于想象中得之。罗马的光荣不过尔尔,等而下之不必论了。欧洲中古时代,餐桌上的刀叉是奢侈品,从十一世纪到十五世纪不曾被普遍使用,有些人自备刀叉随身携带,这种作风一直延至十八世纪还偶尔可见。据说在酷嗜通心粉的国度里,市廛道旁随处都有贩卖通心粉(与不通心粉)的摊子,食客都是伸出右手像是五股钢叉一般把粉条一卷就送到口里,干净利落。

不要耻笑西方风俗鄙陋,我们泱泱大国自古以来也是双手万能。《礼记》:"共饭不泽手。"吕氏注曰:"不泽手者,古之饭者以手,与人共饭,摩手而有汗泽,人将恶之而难言。"饭前把手洗洗揩揩也就是了。樊哙把一块生猪肘子放在铁盾上拔剑而啖之,那是鸿门宴上的精彩节目,可是那个吃相也就很可观了。我们不愿意在餐桌上挥刀舞叉,我们的吃饭工具主要的是筷子,筷子即箸,古称饭梮。细细的两根竹筷,搦在手上,运动自如,能戳、能夹、能撮、能扒,神乎其技。不过我们至今也还有用手进食的地方，像从兰州到新疆，"抓饭""抓肉"都是很驰名的。我们即使运用筷子，也不能不有相当的约束，若是频频夹取如金鸡乱点头，或挑肥拣瘦地在盘碗里翻翻弄弄如拨草寻蛇，就不雅观。

餐桌礼仪，中西都有一套。外国的餐前祈祷，兰姆的描写可谓淋漓尽致。家长在那里低头闭眼口中念念有词，孩子们很少不在那里做鬼脸的。我们幸而极少宗教观念，小时候不敢在碗里留下饭粒，是怕长大了娶麻子媳妇，不敢把饭粒落在地上，是怕天打雷劈。喝汤而不准吮吸出声是外国规矩，我想这规矩不算太苛，因为外国的汤盆很浅，好像都是狐狸请鹭鸶吃饭时所使用的器皿，一盆汤端到桌上不可能是烫嘴热的，慢一点灌进嘴里去就可以不至于出声。若是喝一口我们的所谓"天下第一菜"口蘑锅巴汤而不出一点声音，岂不强人所难？从前我在北方家居，邻户是一个治安机关，隔着一堵墙，墙那边经常有几十口子在院子里进膳，我可以清晰地听到"呼噜，呼噜，呼—噜"的声响，然后是"咔嚓！"一声。他们是在吃炸酱面，于猛吸面条之后咬一口生蒜瓣。

餐桌的礼仪要重视，不要太重视。外国人吃饭不但要席正，而且挺直腰板，把食物送到嘴边。我们"食不厌精，脍不厌细"，要维持那种姿式便不容易。我见过一位女士，她的嘴并不比一般人小多少，但是她喝汤的时候真能把上下唇撮成一颗樱桃那样大，然后以匙尖触到口边徐徐吮饮之。这和把整个调羹送到嘴里面的人比较起来，又近于矫枉过正了。人生贵适意，在环境许可的时候是不妨稍为放肆一点。吃饭而能充分享受，没有什么太多礼法的约束，细嚼烂咽，或风卷残云，均无不可，吃的时候怡然自得，吃完之后抹抹嘴鼓腹而游，像这样的乐事并不常见。我看见过两次真正痛快淋漓的吃，印象至今犹新。一次在北京的"灶温"，那是一片道地的北京小吃馆。棉帘启处，进来了一位赶车的，即是赶轿车的车夫，辫子盘在额上，衣襟掀起塞在褡布底下，大摇大摆，手里托着菜叶裹着的毛猪肉一块，提着一根马兰系着的一撮韭黄，把食物往柜台上一拍："掌柜的，烙一斤饼！再来一碗炖肉！"等一下，肉丝炒韭黄端上来了，两张家常饼一碗炖肉也端上来了。他把菜肴分为两份，一份倒在一张饼上，把饼一卷，比拳头要粗，两手扶着矗立在盘子上，张开血盆巨口，左一口，右一口，中间一口！不大的工夫，一张饼下肚，又一张也不见了，直吃得他青筋暴露满脸大汗，挺起腰身连打两个大饱嗝。又一次，我在青岛寓所的后山坡上看见一群石匠在凿山造房，晌午歇工，有人送饭，打开笼屉热气腾腾，里面是半尺来长的发面蒸饺，工人蜂拥而上，每人拍拍手掌便抓起饺子来咬，饺子里面露出绿韭菜馅。又有人挑来一桶开水，上面漂着一个瓢，一个个红光满面围着桶舀水吃。这时候又有挑着大葱的小贩赶来兜售那像甘蔗一般粗细的大葱，登时又人手一截，像是饭后进水果一般。上面这两个景象，我久久不能忘，他们都是自食其力的人，心里坦荡荡的，饥来吃饭，取其充腹，管什么吃相！

―― 请客 ――
只有一天不得安，不妨偶一为之

常听人说："若要一天不得安，请客；若要一年不得安，盖房；若要一辈子不得安，娶姨太太。"请客只有一天不得安，为害不算太大，所以人人都觉得不妨偶一为之。

所谓请客，是指自己家里邀集朋友便餐小酌，至于在酒楼饭店"铺筵席，陈尊俎"，呼朋引类，飞觞醉月，享用的是金樽清酒，玉盘珍馐，最后一哄而散，由经手人员造账报销，那种宴会只能算是一种病狂或是罪孽，不提也罢。

妇主中馈，所以要请客必须先归而谋诸妇。这一谋，有分教，非十天半月不能获致结论，因为问题牵涉太广，不能一言而决。

首先要考虑的是请什么人。主客当然早已内定，陪客的甄选大费酌量。眼睛生在眉毛上边的宦场中人、吃不饱饿不死的教书匠、一身铜臭的大腹贾、小头锐面的浮华少年……若是聚在一个桌上吃饭，便有些像是鸡兔同笼，非常勉强。把夙未谋面的人拘在一起，要他们有说有笑，同时食物都能顺利地从咽门下去，也未免强人所难。主人从中调处，殷勤了这一位，怠慢了那一位，想找一些大家都有兴趣的话题亦非易事。所以客人需要分类，不能鱼龙混杂。客的数目视设备而定，若是能把所有该请的客人一网打尽，自然是经济算盘，但是算盘亦不可打得太精。再大的圆桌面也不过能坐十三四个体态中型的人。说来奇怪，客人单身者少，大概都有宝眷，一请就是一对，一桌只好当半桌用。有人请客宽发笺帖，心想总有几位心领谢谢，万想不到人人惠然肯来，而且还有一位特别要好带来一个七八岁的小宝宝！主人慌忙添座，客人谦让："孩子坐我腿上！"大家挤挤攘攘，其中还不乏中年发福之士，把圆桌围得密不通风，上菜需飞越人头，斟酒要从耳边下注，前排客满，主人在二排敬陪。

拟菜单也不简单。任何家庭都有它的招牌菜。可惜很少人肯用其所长，大概是以平素见过的饭馆酒席的局面作为蓝图。家里有厨师、厨娘，自然一声吩咐，不再劳心，否则主妇势必亲自下厨操动刀俎。主人多半是擅长理论，真让他切葱剥蒜都未必能够胜任。所以拟定菜单，需要自知之明，临时"钻锅"翻看食谱未必有济于事。四冷荤、四热炒、四压桌，外加两道点心，似乎是无可再减，大鱼大肉，水陆杂陈，若不能使客人连串地打饱嗝，不能算是尽兴。菜单拟定的原则是把客人一个个地填得嘴角冒油。而客人所希冀的也往往是一场牙祭。有人以水饺宴客，馅子是猪肉菠菜，客人咬了一口，大叫："哟，里面怎么净是青菜！"一般人还是欣赏肥肉厚酒，管它是不是烂肠之食！

宴客的吉日近了，主妇忙着上菜市，挑挑拣拣，拣拣挑挑，又要物美又要价廉，装满两个篮子，半途休憩好几次才能气喘汗流地回到家。泡的，洗的，剥的，切的，闹哄一两天，然后丑媳妇怕见公婆也不行，吉日到了。客人早已折简相邀，难道还会不肯枉驾？不，守时不是我们的传统。准时到达，岂不像是"头如穹庐咽细如针"的饿鬼？要让主人干着急，等他一催请再催请，然后徐徐命驾，姗姗来迟，这才像是大家风范。当然朋友也有特别性急而提早莅临的，那也使得主人措手不及慌成一团。客人的性格不一样，有人进门就选一个比较好的座位，两脚高架案上，真是宾至如归；也有人寒暄两句便一头扎进厨房，声称要给主妇帮忙，系着围裙伸着两只油手的主妇连忙谦谢不迭。等到客人到齐，无不饥肠辘辘。

落座之前还少不了你推我让的一幕。主人指定座位，时常无效，除非事前摆好名牌，而且写上官衔，分层排列，秩序井然。敬酒按说是主人的责任，但是也时常有热心人士代为执壶，而且见杯即斟，每斟必满。不知是什么时候什么人兴出来的陋习，几乎每个客人都会双手举杯齐眉，对着在座的每一位客人敬酒，一霎间敬完一圈，但见杯起杯落，如"兔儿爷捣碓"。不喝酒的也要把汽水杯子高高举起，虚应故事，喝酒的也多半是狞眉皱眼地抿那么一小口。一大盘热乎乎的东西端上来了，像翅羹，又像糨糊，一人一勺子，盘底花纹隐约可见，上面洒着的一层芫荽不知被哪一位像刈除毒草似的拨到了盘下，又不知被哪一位从盘下夹到嘴里吃了。还有人坚持海味非蘸醋不可，高呼要醋，等到一碟"忌讳"送上台面海味早已不见了。菜是一道一道地上，上一道客人喊一次"太丰富，太丰富"，然后埋头大嚼，不敢后人。主人照例谦称："不成敬意，家常便饭。"心直口快的客人就许提出疑问："这样的家常便饭，怕不要吃穷了？"主人也只好扑哧一笑而罢。将近尾声的时候，大概总有一位要先走一步，因为还有好几处应酬。这时候主妇踅了进来，红头涨脸，额角上还有几颗没揩干净的汗珠，客人举起空杯向她表示慰劳之意，她坐下胡乱吃一些残羹剩炙。

席终，香茗水果伺候，客人靠在椅子上剔牙，这时节应该是客去主人安了。但是不，大家雅兴不浅，谈锋尚健，饭后嗑牙，海阔天空，谁也不愿首先言辞，致败人意。最后大概是主人打了一个哈欠而忘了掩口，这才有人提议散会。天下无不散之筵席，奈何奈何？不要以为席终人散，立即功德圆满，地上有无数的瓜子皮、纸烟灰，桌上杯碟狼藉，厨房里有堆成山的盘碗锅勺，等着你办理善后！

—— 吃 ——

吃中有艺术，又有科学；要天才，还要经验

据说饮食男女是人之大欲，所以我们既生而为人，也就不能免俗。然而讲究起吃来，这其中有艺术，又有科学，要天才，还要经验，尽毕生之力恐怕未必能穷其奥妙。听说美国哥伦比亚大学师范学院（就是杜威、克伯屈的讲学之所），就有好几门专研究吃的学科。甚笑哉，吃之难也！

我们中国人讲究吃，是世界第一。此非一人之言也，天下人之言也。随便哪位厨师，手艺都不在杜威、克伯屈的高足之下。然而一般中国人之最善于吃者，莫过于北京的旗人。从前旗人，坐享钱粮，整天闲着，便在吃上用功，现在旗人虽多中落，而吃风尚未尽泯。四个铜板的肉，两个铜板的油，在这小小的范围之内，他能设法调度，吃出一个道理来。富庶的人，更不必说了。

单讲究吃得精，不算本事。我们中国人外带着肚量大。一桌酒席，可以连上一二十道菜，甜的、咸的、酸的、辣的，吃在肚里，五味调和。饱餐之后，一个个的吃得头部发沉，步履维艰。不吃到这个程度，便算是没有吃饱。

荀子曰："无廉耻而嗜乎饮食，则可谓恶少者矣。"我们中国人，接近恶少者恐怕就不在少数。

—— 苦雨凄风 ——

浮游在无边的大海里,忍受苦风凄雨

一

那是初秋的一天。一阵秋雨淅淅沥沥地落了下来,发出深山里落叶似的沙沙的声音;又夹着几阵清凉的秋风,把雨丝吹得斜射在百叶窗上。弟弟正在廊上吹胰子泡,偶尔锐声地喊着。屋里非常的黑暗,像是到了黄昏;我独自卧在大椅上,无聊地燃起一支香烟。这时候我的情思活跃起来,像是一只大鹏,飞腾于八极之表;我的悲哀也骤然狂炽,似乎有一缕一缕的愁丝将要把我像蛹一般地层层缚起。啊!我的心灵也是被凄风苦雨袭着!

在这愁困的围雾里,我忽地觉得飘飘摇摇,好像是已然浮游在无边的大海里了,一轮明月照着万顷晶波……一阵海风过处,又听得似乎是从故乡吹过来的母亲的呼唤和爱人的啜泣。我不禁悲从中来,泪如雨下;却是帘栊里透进一阵凉风,把我从迷惘中间吹醒。原来我还是在椅上呆坐,一根香烟已燃得只剩三分长了。外面的秋雨兀自落个不住。我深深地呼吸了一口气。

母亲慢慢地走了进来，眼睛有些红了，却还直直地凝视着我的脸。我看看她默默无语。她也默默地坐在我对面，隔了一会儿，缓声地说："行李都预备好了吗？……"

她这句话当然不是她心里要说的，因为我的行装完全是母亲预备的，我知道她心里悲苦，故意地这样不动声色地谈话，然而从她的声音里，我已然听到一种哑涩的呜咽的声音。我力自镇定，指着地上的两只皮箱说："都好了，这只皮箱很结实，到了美国也不至于损坏的……"

母亲点点头，转过去望着窗外，这时候雨势稍杀，院里积水泛起无数的水泡，弟弟在那里用竹竿戏水，大声地欢笑。俄顷间雨又潇潇地落大了。

壁上的时钟敲了四下，我一声不响地起来披上了雨衣，穿上套鞋……母亲说："雨还在落着，你要出去吗？"

我从大衣袋里掏出陈小姐给我饯行的柬帖，递给她看。她看了只轻轻地点点头，说："好，去吧。"我才掀开门帘，只听见母亲似乎叹了一声。

我走到廊上，弟弟扯着我说："怎么，绿哥？你现在就走了吗？这样的雨天，母亲大概不准我去看你坐火车了！……"我抚弄他的头发，告诉他："我明天才走呢。你一定可以去送我的。今天有人给我饯行。"

我走出家门，粗重的雨点打到我的身上。

二

公园里异常的寂静，似是特留给我们话别。池里的荷叶被雨洗得格外碧绿，清风过处，便俯仰倾欹，做出各种姿态。我们两个伏在水榭的栏上赏玩灰色的天空反映着远处的青丽的古柏，红墙黄瓦的宫殿，做成一幅哀艳沉郁的图画。我们只默默地望着这寂静的自然，不交一语。其实彼此都是满腔热情，常思晤时一吐为快，怎会没有话说呢？啊！这是情人们的通病吧——今朝的情绪，留作明日的相思！

一阵风香，她的柔发拂在我的脸上，我周身的血管觉得紧涨起来。想到明天此刻，当在愈离愈远，从此天各一方，不禁又战栗起来。不知是几许悲哀的情绪混合起来纠缠在我心头！唉，自古伤别离，离愁果是"剪不断理还乱"的了。

我鼓起微弱的勇气，想屏绝那些愁思，无心地向她问着："你今天给我饯别,可曾请了陪客吗?"

她凝视了我一顷,似乎是在这一顷她才把她已经出神的情思收转回来应答我的问语。她微微地呼吸了一下,颤声地说:"哦,请陪客了。陪客还是先我们而来的呢。"她微微地向我一笑,"你看啊,这苦雨凄风不是绝妙的陪客吗?"

我也微微报她一笑,只觉一缕凄凉的神情弥漫在我心上。

雨住了。园里的景象异常的清新,玫瑰的树枝缀着翡翠的水叶,荷池的水像油似的静止,雪氅红喙的鸭儿成群地叫着。我们缓步走出行榭,一阵土湿的香气扑着鼻孔;沿着池边的曲折的小径,走上两旁植柏的甬道。园里还是冷清清的。天上的乌云还在互相追逐着。

"我们到影戏院去吧,雨天人稀,必定很有趣……"她这样地提议。我们便走进影戏院。里面的观众果似晨星的稀少,我们便在僻处紧靠着坐下。铃声一响,屋里昏黑起来,影片像逸马一般在我眼前飞游过去,我的情思也似随着像机轮旋转起来。我们紧紧地握着手,没有一句话说。影片忽地一卷演讫,屋里的光线放亮了一些,我看见她的乌黑的眼珠正在不瞬地注视着我。"你看影戏了没有?"

她摇摇头说:"我一点也没有看进去,不知是些什么东西在我眼前飞过……你呢?"

我勉强地笑着说;"同你一样的!……"

我们便这样地在黑暗的影戏院里度过两个小时。

我们从影戏院出来的时候,蒙蒙的破雨又在落着,园里的电灯全亮起来了,照得雨湿的地上闪闪地发光。远远地听见钟楼的当当的声音,似断似续的声波送过来,只觉得凄凉、黯淡……我扶着她缓缓地步到餐馆,疏细的雨滴——是天公的泪点,洒在我们的身上。

她平时是不饮酒的,这天晚上却斟满一盏红葡萄酒,举起杯来低声地说:"愿你一帆风顺,请尽了这一杯吧!"

我已经泪珠盈睫了,无言地举起我的酒杯,相对一饮而尽。餐馆的侍者捧着盘子,在旁边惊诧地望着我们。

我们从餐馆出来,一路地向着园门行去。我们不约而同地愈走愈慢,我心里暗暗地慷恨这道路的距离太近!将到园门,我止着她:"我明天早晨去了!……你可有什么话说吗?……"

她垂头不响,慢慢地从她的丝袋里取出一封浅红色的信笺,递到我的手里,轻声地叹着,说:"除纸笔代喉舌,千种思量向谁说?……"

我默视无言,把红笺放在贴身的衣袋里。只觉得无精打采的路灯向着我的泪眼射出无数参差不齐的金黄色的光芒。我送她登上了车,各道一声珍重——便这样地在苦雨凄风之夕别了!

三

我回到家里,妹妹在房里写东西,我过去要看,她翻过去遮着,说:"明天早晨你就看见了。今天陈小姐怎样饯行来的?……"我笑着出来到母亲房里,小弟弟睡了,母亲在吸水烟。"你睡去吧!明天清早还要起身呢……"

我步到我的卧房,只觉一片凄惨。在灯下把那红笺启视,上面写着:

绿哥:

我早就知道,在我和你末次——绝不是末次,是你远行前的末次——话别的时候,彼此一定只觉悲哀抑郁而不能道出只字。所以我写下这封信,准备在临行的时候交给你。这信里的话是应该当面向你说的,但是,绿哥,请你恕我,我的微弱的心禁不起强烈的悲哀的压迫,我只好请纸笔代喉舌了。

绿哥！两月前我就在想象着今天的情景，不料这一天居然临到！同学们都在讥笑我，说我这几天消瘦了；我的母亲又说我是病了，天天强我吃药。你该知道我吃药是没用的。绿哥，你去了，我只有一件事要求你，就是你要常常的给我寄些信来，这是医我心灵的无上的圣药了。

看到这里，窗外滴滴答答地响个不住，萧萧的风又像是唏嘘着。我冥想了一刻，又澄心地看下去：

绿哥，我赏读古人句："……人当少年嫁，我当少年别……"总觉得凄酸不堪，原来正是为我自身写照！只要你时常地记念着我，我便也无异于随你远渡重洋了。

珂泉是美国的名胜，一定可以增进你的健康，同时更可启发你的诗思。绿哥，你千万不要"清福独享"，务必要时常寄我些新诗，好叫一些"不相识的湖山，频来入梦"。我决计在这里的美术院再学几年，等你的诗集付印的时候可以给你的诗集画一些图案。绿哥，你的诗集一定需要图案的，你不看现在行的一些集子吗？白纸黑字，平淡无味，真是罪过！诗和画原是该结合的呀！

你去到外国，不要忘了可爱的中华！我前天送你的手制的国旗愿长久地悬在室内，檀香炉也可在秋雨之夜焚着。你不要只是眷念着我，须要崇仰着可爱的中华，可爱的中华的文化！

绿哥！别了！我不能再写下去了，因为我的话是无穷止的，只好这样地勉强停住。秋风多厉，珍重玉体！

妹陈淑敬上
临别前一日

我反复地看了数遍，如醉如痴地靠在卧椅上，望着这浅红的信笺出神。我想今夜是不能睡的了，大概要亲尝"枕前泪共阶前雨，隔个窗儿滴到明"的滋味了。忽地听见母亲推开窗子，咳嗽了一声，大声地说："绿儿！你还没睡吗？该休息了，明天清早还要去赶火车呢。"

我高声答道："我就去睡了。"我捻灭了灯，空床反侧，彻夜无眠。一阵阵的风声、雨声，在昏夜里猖狂咆哮。

四

看看东方的天有些发白，便在床上坐起来，纱窗筛进一缕晨风，微有寒意。天上的薄云还平匀地铺着。窗外有几只蟋蟀唧唧地叫着。我静坐了片刻，等到天大亮了，起来推开屋门。忽然，出我意料之外，门上有一张短笺，用图钉钉着；我立刻取了下来，只见上面很整齐地写着：

绿哥：

请你在发现这张短笺的时候把惊奇的心情立刻平静下去；因为我怕受惊奇的刺激，所以特地来把这张短笺钉在你的门上。你明天不是要走了吗？我决定不去送你；并且决定在今夜不睡，以便等你明晨离家的时候，我还可以安然地睡着。请你不要叫醒我，绿哥，请你不要叫醒我。我怕看母亲红了的眼睛，我怕看你临行和家人握手的样子……绿哥，你走后，我将日夜地祷告，祝你旅途平安，只要你答应我一件事，明天早晨不要叫醒我！再会吧！

紫妹教上
苦雨凄风之夜

我读了异常地感动，便要把这张信纸夹在案头的书里。偶然翻过纸的背面，原来还有两行小字：

你放心地去好了，你走后我必代表你天天去找陈淑同玩。想来她在你去后也必愿和我玩的。

我不禁笑了出来。时光还很早，母亲不曾起来；我便撕下一张日历，在背面写着：

紫妹：

　　我一定不把你从梦中唤醒，来和我作别。我也想大家都在梦中作别，免得许多烦恼，但这是办不到的。临别没有多少话说，只祝你快乐！你若能常陪陈淑玩，我也是很感谢你的。再谈吧。

绿哥

　　我写好了便用原来的图钉钉在紫妹卧房的门上，悄悄地退回房里。移时，母亲起来，连忙给我预备点心吃。她重复地嘱咐我的话，只是要我到了外国常常给家里寄信。

　　行李搬到车上了。母亲的泪珠滚滚地流了出来，我只转过头去伸出手来和她紧紧地一握着说声："母亲，我走了……"

　　"你的妹妹弟弟还在睡着，等我去叫醒他们和你一别吧！……"

　　我连忙止住她说："不用叫他们了，让他们安睡吧！"我便神志惘然地走出了家门。风吹着衣裳……

　　我走出巷口折行的时候，还看见母亲立在门口翘首地望我。

―― 退休 ――
完全摆脱糊口的职务，做自己喜欢的事情

退休的制度，我们古已有之。《礼记·曲礼》："大夫七十而致事。"致事就是致仕，言致其所掌之事于君而告老，也就是我们如今所谓的退休。礼，应该遵守，不过也有人觉得未尝不可不遵守。"礼岂为我辈设哉？"尤其是七十的人，随心所欲不逾矩，好像是大可为所欲为。普通七十的人，多少总有些昏聩，不过也有不少得天独厚的幸运儿，耄耋之年依然矍铄，犹能开会剪彩，必欲令其退休，未免有违笃念勋耆之至意。年轻的一辈，劝你们少安毋躁，棒子早晚会交出来，不要抱怨"我在，久压公等"也。

该退休而不退休。这种风气好像我们也是古已有之。白居易有一首诗《不致仕》：

> 七十而致仕，礼法有明文。
> 何乃贪荣者，斯言如不闻？

可怜八九十，齿堕双眸昏。
朝露贪名利，夕阳忧子孙。
挂冠顾翠绥，悬车惜朱轮。
金章腰不胜，伛偻入君门。
谁不爱富贵？谁不恋君恩？
年高须告老，名遂合退身。
少时共嗤诮，晚岁多因循。
贤哉汉二疏，彼独是何人？
寂寞东门路，无人继去尘！

汉朝的疏广及其兄子疏受位至太子太傅、少傅，同时致仕，当时的"公卿大夫故人邑子，设祖道供张东都门外，送者车数百辆。辞决而去。道路观者皆曰'贤哉二大夫！'或叹息为之下泣。"这就是白居易所谓的"汉二疏"。乞骸骨居然造成这样的轰动，可见这不是常见的事，常见的是"伛偻入君门"的"爱富贵""恋君恩"的人。白居易"无人继去尘"之叹，也说明了二疏的故事以后没有重演过。

从前读书人十载寒窗，所指望的就是有一朝能春风得意，纡青拖紫，那时节踌躇满志，纵然案牍劳形，以至于龙钟老朽，仍难免有恋栈之情，谁舍得随随便便地就挂冠悬车？真正老骥伏枥志在千里的人是少而又少的，大部分还不是舍不得放弃那五斗米，千钟禄，万石食？无官一身轻的道理是人人知道的，但是身轻之后，囊橐也跟着要轻，那就诸多不便了。何况一旦投闲置散，一呼百诺的烜赫的声势固然不可复得，甚至于进入了"出无车"的状态，变成了匹夫徒步之士，在街头巷尾低着头逡巡疾走不敢见人，那情形有多么惨。一向由庶务人员自动供应的冬季炭盆所需的白炭，四时陈设的花卉盆景，乃至于琐屑如卫生纸，不消说都要突告来源断绝，那又情何以堪？所以一个人要想致仕，不能不三思，三思之后恐怕还是一动不如一静了。

　　如今退休制度不限于仕宦一途，坐拥皋比的人到了粉笔屑快要塞满他的气管的时候也要引退。不一定是怕他春风风人之际忽然一口气上不来，是要他腾出位子给别人尝尝人之患的滋味。在一般人心目中，冷板凳本来没有什么可留恋的，平素吃不饱饿不死，但是申请退休的人一旦公开表明要撤绛帐，他的亲戚朋友又会一窝蜂地皇皇然、戚戚然，几乎要垂泣而道地劝告说他："何必退休？你的头发还没有白多少，你的脊背还没有弯，你的两手也不哆嗦，你的两脚也还能走路……"言外之意好像是等到你头发全部雪白，腰弯得像是"？"一样，患上了帕金森症，走路就地擦，那时候再申请退休也还不迟。是的，是有人到了易箦之际，朋友们才急急忙忙地为他赶办退休手续，生怕公文尚在旅行而他老先生沉不住气，弄到无休可退，那就只好鼎惠恳辞了。更有一些知心的抱有远见的朋友们，会慷慨陈词："千万不可退休，退休之后的生活是一片空虚，那时候闲居无聊，闷得发慌，终日彷徨，悒悒寡欢。"把退休后生活形容得如此凄凉，不是没有原因的，因为平素上班是以"喝喝茶，签签到，聊聊天，看看报"为主，一旦失去喝茶签到聊天看报的场所，那是会要感觉无比的枯寂的。

理想的退休生活就是真正的退休，完全摆脱赖以糊口的职务，做自己衷心所愿意做的事。有人八十岁才开始学画，也有人五十岁才开始写小说，都有惊人的成就。"狗永远不会老得到了不能学新把戏的地步。"何以人而不如狗乎？退休不一定要远离尘嚣，遁迹山林，也无须隐藏人海，杜门谢客——一个人真正地退休之后，门前自然车马稀。如果已经退休的人而还偶然被认为有剩余价值，那就苦了。

―― 文艺与道德 ――
文艺永远含有道德的意味

在美国的《新闻周刊》上看到这样一段新闻：

"且来享受醇酒妇人，尽情欢笑；明天再喝苏打水，听人讲道。"这是英国诗人拜伦（一七八八年至一八二四年）的句子，据说他不仅这样劝别人，他自己也彻底地接受了他自己的劝告；他和无数的情人缱绻，许多的丑闻使得这位面貌姣好头发卷曲的诗人死后不得在西敏寺内获一席地，几近一百五十年之久。一位教会长老说过，拜伦的"公然放浪的行为"和他的"不检的诗篇"使他不具有进入西敏寺的资格。但是"英格兰诗会"以为这位伟大的浪漫作家，由于他的诗和"他对于社会公道与自由之经常的关切"，还是应该享有一座纪念物的，西敏寺也终于改变了初衷，在"诗人角"里，安放了一块铜牌来纪念拜伦。那"诗人角"是早已装满了纪念诗人们的碑牌之类，包括诸大诗人如莎士比亚、弥尔顿、巢塞、雪莱、济慈，甚至还有一位外国诗人名为朗费洛的也在内。

这样的一条新闻实在令人感慨万千。拜伦是英国的一位浪漫诗人，在行为与作品上都不平凡，"一觉醒来，名满天下"，他不但震世骇俗，他也愤世嫉俗，"不是英格兰不适于我，便是我不适于英格兰"，于是怫然出国，遨游欧土，卒至客死异乡，享年不过三十有六。他生不见容于重礼法的英国社会，死不为西敏寺所尊重，这是可以理解的事。一百五十年后，情感被时间冲淡，社会认清了拜伦的全部面貌，西敏寺敞开了它的严封固扃的大门，这一事实不能不使我们想一想，文艺与道德究竟是怎样的一种关系。

有人说，文艺与道德没有关系。一位厨师，只要善于调和鼎鼐，满足我们的口腹，我们就不必追问他的私生活中有无放荡逾检之处。这一比喻固很巧妙，但并不十分允洽。因为烹调的成品，以其色香味供我们欣赏，性质简单。而文艺作品之内容，则为人生的写照，人性的发挥，我们不仅欣赏其文词，抑且受其内容的感动，有时为之逸兴遄飞，有时为之回肠荡气。我们纵然不问作者本人的道德行为，却不能不理会文艺作品本身所含蓄着的道德意味。人生的写照，人性的发挥，永远不能离开道德。文艺与道德不可能没有关系。进一步说，口腹之欲的满足也并非是饮食之道的极致；快我朵颐之外，也还要顾到营养健康。文艺之于读者的感应，其间更要引起道德的影响与陶冶的功能。

所谓道德，其范围至为广阔，既不限于礼教，更有异于说教。吾人行事，何者应为，抉择之间端在一心，那便是道德价值的运用。悲天悯人，民胞物与的精神，也正是道德的高度表现。以拜伦而论，他的私人行为有许多地方诚然不足为训，但是他的作品却常有鼓舞人心向上的力量，也常有令人心胸开阔的妙处。他赞赏光荣的历史，他同情被压迫的人民，那一份激昂慷慨的精神，百余年之后仍然虎虎有生气，使得西敏寺的住持人不能不心回意转，终于奉献给他那一份积欠已久的敬意。在伟大作品照耀之下，作者私人生活的玷污终被淡忘，也许不是谅恕，这是不是英国人聪明的地方呢？我们中国人礼教的观念很强，以为一个人私德有亏，便一无是处，我们是不容易把人品和作品分开来的，而且"文人无行"的看法也是很普遍的，好像一个人一旦成为文人，其品行也就不堪闻问，甚至有些文人还有意地不肯敦品，以为不如此不能成其为文人。

文艺的题材是人生，所以文艺永远含有道德的意味；但是文艺的功用是不是以宣扬道德为最重要的一项呢？在西洋文学批评里，这是一个老问题。罗马的何瑞士采取一种折中的态度，以为文学一面供人欣赏，一面教训，所谓寓教训于欣赏。近代纯文学的观念则是倾向于排斥道德教训于文艺之外。我们中国的传统看法，把文艺看成为有用的东西，多少是从实用的观点出发，并不充分承认其本身价值。从孔子所说"诗可以兴，可以观，可以群，可以怨，迩之事父，远之事君，多识于鸟兽草木之名"起,以至于周敦颐所谓之"文以载道",都是把文艺当作教育工具看待,换言之,就是强调文艺之教育的功能,当然也就是强调文艺之道德的意味。直到晚近,文艺本身价值才逐渐被人认识,但是开明如梁任公先生的《小说与群治之关系》,仍未尽脱传统的功利观念的范围。我国的戏剧文学未能充分发达的原因之一,便是因为社会传统过分重视戏剧之社会教育价值。劝忠说孝,没有人反对;旧日剧院舞台两边柱上都有惩恶奖善性质的对联,可惜的是编剧的人受了束缚,不能自由发展,而观众所能欣赏到的也只剩了歌腔身段。戏剧有社会教育的功能,但戏剧本身的价值却不尽在此。文艺与道德有密切的关系,但那关系是内在的,不是目的与手段之间的主从关系。我们可以利用戏剧而从事社会教育,例如破除迷信,扫除文盲,以至于促进卫生,保密防谍,都可以透过戏剧的方式把主张传播给大众。但是我们必须注意,这只是借用性质,借用就是借用,不是本来用途。

文艺作品里有情感,有思想,可是里面的思想往往是很难捉摸的,因为那思想与情感交织在一起,而且常是不自觉偶然流露出来的。文艺作家观察人生,处理他选定的题材,自有他独特的眼光,他不会拘于成见,他也不会唯他人之命是从,他不可能遗世独立,把文艺与道德完全隔离,亦不可能忘却他的严肃的"观察人生,并且观察人生全体"之神圣使命。

—— 悲观 ——
自杀者常是乐观的人，幸福者倒常是悲观的人

悲观不是消极，所以自杀的人不是悲观，悲观主义者反对自杀。

悲观是从坏的一方面来观察一切事物，从坏的一方面着眼的意思。悲观主义者无时不料想事物的恶化，唯其如此，他才能最积极地生活。换言之，最不为虚幻的希望所引入歧途，最努力地设法来对付这丑恶的现实。

叔本华说，幸福即是痛苦的避免。所谓痛苦是实在的，而幸福则是根本不存在的。痛苦不存在时之状态，无以名之，名之曰幸福。是故人生之目标，不在幸福之追求，而在痛苦之避免。人生即是由一串痛苦所构成。能避免一分的苦痛，即是一分的幸福。故悲观主义者待人接物，步步为营，不求有功，但求无过。这是悲观主义的真谛。

从坏处着想，大概可以十猜十中，百猜百中；从好处着想，往往一

次一失望,十次十失望。所以乐观者天真可爱,而禁不住与现实的接触,一接触希望就泡沫一般破灭。悲观者似乎未免自苦,而在现实中却能安身立命。所以自杀者常是乐观的人,幸福者倒常是悲观的人。

―― 编后记 ――

"梁实秋生活美学系列图书"包括梁实秋先生《人生不过如此而已》《闲暇处才是生活》《人间有味是清欢》《心守一事去生活》《简单 安静 从容：像梁实秋一样雅致生活》。此次出版，我们参照了目前流行的各种版本，查漏补缺，校正讹误。重新厘出"人生""生活"兼及梁实秋"谈吃"的杂文主题，并重新拟定前述书名。请知悉。

在编辑《人生不过如此而已》一书过程中，考虑到作者生活所处年代，文章的标点、句式的用法、一些常用词汇等难免与现在的规范有所不同，为保持原著风貌，本版未作改动。如"心酸"即为"辛酸"，"不至如此"即为"不致如此"，"姿式"即为"姿势"，等等。并且，在当时的语言环境中，"的""地""得"不分与"做""作"混用现象也是平常的。为尊重作者语言写作习惯，本书均未作改动，请读者在阅读过程中，根据文意加以辨别区分。

编书如扫落叶，难免有错讹疏漏，盼指正。